# 中华

## ZHONGHUA HUN

魂

百部爱国故事丛书

# 休言女子非英物

## ——鉴湖女侠秋瑾

程 遥 李俊焘 编著

吉林人民出版社

**图书在版编目（CIP）数据**

休言女子非英物：鉴湖女侠秋瑾／程遥，李俊焘编著 . -- 长春 : 吉林人民出版社，2011.3 （2021.8 重印）
（中华魂·百部爱国故事丛书）
ISBN 978-7-206-07491-2

Ⅰ . ①休… Ⅱ . ①程… ②李… Ⅲ . ①故事—中国—当代 Ⅳ . ① I247.8

中国版本图书馆 CIP 数据核字（2011）第 032004 号

# 休言女子非英物
## ——鉴湖女侠秋瑾

XIUYAN NÜZI FEIYINGWU
——JIANHU NÜXIA QIUJIN

编　著：程　遥　李俊焘
责任编辑：李相梅　　　　封面设计：孙浩瀚
制　作：吉林人民出版社图文设计印务中心
吉林人民出版社出版 发行（长春市人民大街7548号　邮政编码：130022）
印　刷：北京一鑫印务有限责任公司
开　本：787mm×1092mm　　1/16
印　张：8　　　　　　　　字　数：64千字
标准书号：ISBN 978-7-206-07491-2
版　次：2011年3月第1版　　印　次：2021年8月第2次印刷
定　价：35.00 元

如发现印装质量问题，影响阅读，请与出版社联系调换。

# 总　序

　　《中华魂》是一套故事丛书。它汇集了我国自鸦片战争以来一百八十余年间的近百位民族英雄、仁人志士、革命领袖、先进模范人物的生动感人事迹，表现了他们作为中华儿女的伟大的爱国主义精神。

　　爱国主义是人们对于"生于斯、长于斯、衣食于斯"的祖国的一种神圣感情，是人们对于自己民族的一种强烈的责任感和使命感，是感召和激励整个中华民族的一面永不褪色的旗帜。在一百多年的中国近现代史上，爱国主义一直激励着中华儿女为祖国的独立、统一、进步和繁荣而英勇奋斗。从"苟利国家生死以，岂因祸福避趋之"的林则徐，到"我自横刀向天笑，去留肝胆两昆仑"的谭嗣同；从"铁肩担道义，妙手著文章"的李大钊，到"青春换得江山壮，碧血染将天地红"的赵一曼；从"县委书记的好榜样"的焦裕禄，到"问鼎长天，扬我国威"的邓稼先……都表现出了强烈的爱国主义精神。正是由于热爱祖国的人们前仆后继地奋斗，国家和民族才得以生存，才能够在一次次历史危急关头转危为安，走向兴盛和富强，从而屹立于世界民族之林。爱国主义是鼓舞中华儿女历经忧患、跨越沧桑、百折不挠、自强不息的伟大力量，它贯穿于中华民族的整个历史，并有力地凝聚着五洲四海的中国人。

　　爱国主义是一个历史的范畴，在社会发展的不同阶段、不同时期有不同的具体内容。革命时期，需要我们为祖国的独立自主出生入死；建设时期，需要我们为祖国的繁荣富强增砖添瓦。在全国各族人民团结一心，开启全面建设社会主义现代化国家新征程的今天，我们要争做一名新时期的爱国者。新时期的爱国者要有强烈的民族自尊心、自豪感。民族自尊心、自豪感是任何时期、任何爱国者都必须具备的情感。民族自尊心能增强我们自立向上的恒心，民族自豪感能树立我们建设祖国的信心。要树立"祖国高于一切"的崇高信念，为了祖国和人民的利益不惜抛却个人的利益，甚至不惜牺牲个人的生命。我们要树立终身学习的理念，拓宽自己的知识面，广泛吸收新知识、新技术，完善自身的知识结构，更新学习知识的方法与理念，从思想上、知识上充分武装自己，为祖国的繁荣昌盛贡献力量。

　　爱国主义思想的继承和发扬，是关系到民族盛衰、国家兴亡的根本问题。爱国主义思想情操的形成，需要不断地培养。培养爱国主义精神的一个重要途径是向英雄人物和典范事迹学习和致敬。这套丛书的出版,对于青少年向英雄和先进人物学习,特别是对于在中小学生中进行爱国主义教育是不可多得的生动的教材。祝愿此书出版发行成功,为培养时代新人做出贡献。

胡维革

勿望鉴湖女侠之遗风，望为我越东女儿争光。

　　　　　　　　　　　　　——周恩来

# 目　录

中华魂 百部爱国故事丛书
ZHONGHUA HUN

秋瑾像

1840年的鸦片战争，揭开了中国近代史的序幕。从此，帝国主义列强更加疯狂地侵略中国，清朝政府为了维持其反动统治，对外卖国求荣，对内残酷镇压人民革命。在反对帝国主义侵略和清政府反动统治的斗争中，无数革命先烈抛头颅、洒热血，进行了不屈不挠的英勇斗争。在无数的先烈中，民主革命家秋瑾，就是一个光辉的典范。她为了追求光明、抗敌救国、推翻清朝政府，不惜流血牺牲；她那可歌可泣的英雄事迹，永放光芒；她那顽强的追求精神，永远激励人们奋发图强。

## 稽山鉴水育英才

清朝光绪元年十月十一日，也就是公元1875年11月8日，在福建省闽县的秋氏家族诞生了一个女孩。这孩子长得眉清目秀，活泼可爱，父亲视其为家中美

秋瑾画像

玉，于是就给她取乳名玉姑，大名闺瑾。长大后，她把表示束缚女子之意的"闺"字去掉，单留一个"瑾"字，并自号"竞雄""鉴湖女侠"。这就是我国近代史上赫赫有名的女革命家——秋瑾。

秋瑾的故乡本是浙江绍兴。祖父秋嘉禾在厦门、漳州一带当清朝知县一类的地方官。秋瑾的父亲秋寿南和母亲单氏随侍老人，全家迁到福建，秋瑾就降生在这里，并在这里度过了童年。

秋瑾的童年是在国家处于水深火热之中度过的。当时，正是鸦片战争后，中国逐步沦为半殖民地半封建国家的时代，中国人民受到外国资本主义侵略者的

——鉴湖女侠秋瑾

休言女子非英物

压迫和剥削步步加深；同时，怀有各种目的的外国传教士及各种侵略分子，越来越多地渗入到中国各地。他们以胜利者的姿态到处横行霸道，为非作歹，给广大中国人民带来种种祸乱和灾难，激起广大中国人民的强烈愤恨和反抗。因而各地经常发生中国人同外国传教士的纠纷、冲突，这就是所谓的"教案"。秋嘉禾

浙江绍兴南山

为人耿介不阿，廉洁自好，颇有威望。作为地方官，他在秉公处理那些"教案"中，经常蒙受外国侵略分子的凌辱。秋嘉禾在外受了洋人的气，回到家中难免长吁短叹。一天晚上，秋嘉禾从衙门回到家中，坐在书房里闷闷不乐。秋瑾见状，不敢直接问祖父，就跑到母亲跟前问道："妈妈，为什么今天爷爷又不高兴了？"母亲长叹了一声，然后回答说："还不是因为洋人'教案'的事！"关于洋人欺侮中国人的事，秋瑾也听说过一些，今天看见爷爷又为这事生气，她更加气愤地说："'红毛人'这么厉害。这样下去，中国人要成为他们的奴隶了！"仇恨的种子在她幼小的心灵中发芽了，她立志要使自己成为一个文武双全的人物，一定把"红毛人"赶出中国去！

旧社会有个非常丑陋、恶劣的习俗，就是女人缠足。女孩长到几岁时，母亲要用很长的布条把她的脚缠裹起来，时间久了，脚趾骨折断了，肉也烂了，双脚就变了前尖后圆的三寸长的小脚了。古书上说的"三寸金莲"，就是指此而言。这种恶习，不但是对女人肉体的摧残，也是对女人精神的折磨、人格的污辱。秋瑾七岁那年，母亲开始给她缠足。她坚决反对，哭喊道："为什么哥哥不缠足？"母亲说："哥哥是男孩。"她又反问道："为什么女孩缠足，男孩不缠足？为什么男孩女孩不一样对待？"尽管秋瑾坚决反对，拼命挣

　　秋瑾的那些抨击清王朝暴虐统治、媚外卖国的文章和忧国言志的诗文就出自这间书房，对照墙上"善读书、无妄求"的牌子，她在当时应该算是个很"不听话"的孩子。

秋瑾卧室窗户外边的院子里种的果树

扎，可是一个弱小的女孩怎能逃脱封建恶习的魔爪！从此，秋瑾开始认识到：社会上男女是不平等的。可是，她又进一步思考着这样一个问题：男女为什么不平等？社会现实的压力和束缚，使她在思想上形成了很大的反差：自己虽不是男儿，但是一定要胜过男儿！正像她自己写的《满江红》中所说："身不得，男儿列；心却比，男儿烈。"

秋瑾有兄妹四人。秋家是书香门第，孩子们从小就受到了很好的文化教育。祖父很喜欢孙儿孙女，专门请一位老师教他们读书。兄妹中，秋瑾天资最高，记忆力很强，过目成诵，很受祖父和父亲钟爱。老师教她读了《四书》《五经》等书以后，父亲还亲自教她读唐诗、宋词，并教她写诗填词。她经常捧读杜甫、辛弃疾、文天祥等人的诗、词作品，吟诵不已，杜甫"穷年忧黎元，叹息肠内热"的忧国忧民思想；辛弃疾满腔悲愤、坚持抗金的精神；文天祥"人生自古谁无死，留取丹心照汗青"的壮志，都深深地感染着秋瑾。她把岳飞、文天祥、郑成功等民族英雄、爱国志士誉为"男仙"，当作自己学习的榜样。她热烈向往当一个女中豪杰，轰轰烈烈地干一番为国为民的大事业。当她读了一本《芝龛记》传奇后，便以《题芝龛记》为题写了一组八首小诗。其中两首是这样写的：

今古争传女状头，红颜谁说不封侯？

清兵搜查的时候，秋瑾就在自家后院的这口井里焚烧文件

——鉴湖女侠秋瑾

休言女子非英物

马家妇和沈家女，曾有威名震九州。

肉食朝臣尽素餐，精忠报国赖红颜。
壮哉奇女谈军事，鼎足当年花木兰。

前一首诗中的马家妇指明朝的秦良玉，是石柱宣抚使马千乘的妻子。丈夫死后，她代领宣抚使，统率"白杆兵"，抗击金兵入侵。沈家女指沈玉英，也是明末人，曾代领父职，受任游击将军。后一首诗尖锐地讽刺朝中大臣们，说他们都是些白吃饭的无能之辈，而赞美代父从军、抗敌卫国的女英雄花木兰。

秋瑾的性格不像一般的女孩子。对于女红等活虽然一学就会，可是她却不喜欢这些。她喜爱读书吟诗，尤其对古代的豪侠小说更是如痴如醉。有一天，她读过《史记·游侠列传》之后，和母亲谈论起西汉著名游侠朱家和郭解的故事。

母亲见她那种眉飞色舞、满怀羡慕之情甚为可爱，就随便说一句："你外婆家也有武艺高强的人。"秋瑾一听，喜出望外，忙问："是吗？是外公，还是舅舅？"母亲说："你舅父和四表兄，都有一身好武艺。"秋瑾听后沉默不语，可内心却产生了一种强烈的欲望，并做好了打算。

1891年夏天，秋嘉禾忍受不了外国人的气，告老还乡。秋瑾全家随祖父回到了故乡——绍兴。秋嘉禾在城南和畅堂买了一幢三间四进的住宅，全家定居下来。

绍兴城历史悠久，风景秀丽，南面是林木葱茏的会稽山，西面有水平如镜的鉴湖。古往今来，它养育

# 红毛刀歌

## 秋 瑾

一泓秋水净纤毫，远看不知光如刀。

直骇玉龙蟠匣内，待乘雷雨腾云霄。

传闻利器来红毛，大食日本羞同曹。

濡血便令骨节解，断头不俟锋刃交。

抽刀出鞘天为摇，日月星辰芒骤韬。

斫地一声海水立，露风三寸阴风号。

陆专犀象水截蛟，魍魉惊避魑魅逃。

遭斯刃者凡几辈？骷髅成群血涌涛。

刀头百万英雄泣，腕底乾坤杀劫操。

且来挂壁暂不用，夜夜鸣啸声疑鸮。

英灵渴欲饮战血，也如块磊需酒浇。

红毛红毛尔休骄，尔器诚利吾宁抛。

自强在人不在器，区区一刀焉足豪？

了许多英雄豪杰。至今依然屹立在城东南的禹陵，相传是大禹王的葬地。大禹治水，在十三年中三过家门而不入的故事，几乎家喻户晓。越王勾践从吴国回来后卧薪尝胆、报仇复国的故事，更是妇孺皆知。南宋将领唐琦在这里抗金救国、英勇牺牲的故事，流传甚广。南宋爱国诗人陆游、明代愤世嫉俗的文人徐渭都是绍兴人。这些古代先贤、英雄豪杰的历史故事，熏陶着、感染着少女秋瑾，使她逐渐形成了疾恶如仇的性格和忧时报国的思想。

于是，秋瑾学习武艺的欲望、要求更加强烈。有一天，她把自己学习武艺的想法向母亲说了。虽然母亲宠爱女儿，但却认为女孩儿家舞枪弄棒不成体统，便不同意她的要求，再三劝阻。可是，母亲终究拗不过爱女的倔强性子，再加上爱女成天纠缠，最后只好答应她的要求。就在秋氏全家返回故乡这年秋天，母亲带着秋瑾来到了外婆家。外婆家住萧山县（今萧山区），是当地有名的大户人家。

秋瑾纪念章

舅父虽然文武双全，但要经常处理公务和家事，不能天天教秋瑾练武，秋瑾就拜四表兄单宝勋为师。单宝勋武艺高强，远近闻名。他先教秋瑾拳术，然后再教棍棒术、刀剑术。因为秋瑾并不是要学习古代剑侠那样独来独往地除暴安良，而是要学习率领千军万马同敌人作战的本领，所以，当她把武功学到一定程度之后，又要求师傅教她骑术。秋瑾天资聪颖，她又把全部热情和精力都倾注在习武上，所以很快就学会了武艺和骑术。转眼间，秋瑾和母亲已在外婆家住了很长时间。母亲考虑到，秋瑾已是待字闺中的大姑娘了，成天舞枪弄刀，恐怕不大好。于是，母亲就把她带回自己家里。秋家所住的和畅堂后面，就是绍兴城有名的塔山。秋瑾每天一大早就登上山顶，在当年越王勾践观天文、卜吉凶的地方，苦练武艺。就这样，她虽然没学得飞檐走壁之术，可是武艺却越来越精湛，一般的三五个大汉恐怕也不是她的对手。由于父母的宠爱，英雄豪杰事迹的熏陶，再加习武生活的磨炼，使秋瑾养成了豪放、纵情、刚烈的性格。凡是同她有过较多接触的人，大都有这种感觉和印象。和她情同姊妹的女友徐自华，后来在《鉴湖女侠秋君墓表》中说秋瑾的个性是"不拘小节、放纵自豪、喜酒善剑"等等。

秋瑾虽然性格刚烈，但却有一副同情劳动人民疾苦的柔肠。

秋瑾父母的卧房

## 黄海舟中日人索句并见日俄战争地图

秋　瑾

万里乘云去复来，只身东海挟春雷。

忍看图画移颜色，肯使江山付劫灰。

浊酒不销忧国泪，救时应仗出群才。

拼将十万头颅血，须把乾坤力挽回。

秋瑾的祖居原在福全山（又叫复船山），离绍兴城二十里左右。秋瑾小时候常到那里玩，那里的许多事物她都感到新鲜有趣，什么车水呀、拔草呀，甚至捕渔捞虾呀，她都要试一试，学一学，乡亲们都说她不像个大家闺秀。她非常同情穷人和

新编现代绍剧《秋瑾》

弱者，见到这种人，她总想帮助他们。当时那里住着秋瑾的一位本家族伯。那人年轻时请一个算命先生算命，说他命中注定将来要当翰林（清代的官职名）。于是，他从此田也不种，工也不做，成年累月地苦读四书五经，苦练八股文章，结果年年去应考，年年落榜。人们取笑他，都不叫原来的名字，叫他"翰林公"。可是，他仍然执迷不悟，死不回头，坐吃山空，家境渐渐穷困，弄到快要讨饭的地步了。当地有钱人家不但不接济，反而戏耍他，穷困人家又帮不了他。秋瑾眼见这种情况，同情之心和不平之愤一齐涌上心头。她一回到家中，就和父亲商量，请求父亲接济这位族伯。父亲也有慈善心肠，便决定每月接济这位族伯一定的粮米。在送粮米时，秋瑾和父亲一起劝族伯："不要再做'翰林'梦了，应该安心种田，养活家口。"这位族伯终于醒悟过来，拉着秋瑾的手边哭边说："我这么大

秋瑾弹词《精卫石》手稿

秋瑾大铜章

年纪了，反不如孩子有见识。多亏了你们父女救了我们一家啊！"后来，这位族伯用苦读四书五经的精神从事农业生产，家境自然一天天好起来了。

秋家住在城里，乡下还有良田百亩。一位姓曹的农民租种了秋家几亩地。这年天旱歉收，加上曹家妻子、儿女先后病死，精神上受到严重打击，庄稼又颗粒未收，天灾人祸接踵而来，压得这位农民喘不过气来。深秋的一天，他穿着破烂不堪的黑袄，哆哆嗦嗦地站在秋家院内廊下，哭诉着无力交租的原因。秋瑾见状十分同情。父亲不在家，她就请求母亲免了这位农民的租米，母亲同意了。这时惊动了秋瑾祖母，祖母手头没有现钱，就拿出一些金银首饰给这位农民，叫他变卖了去埋葬妻儿，度过荒年。

## 追求光明志不移

秋瑾在故乡绍兴度过了两三年自由奔放的少女生

活之后，便跟随母亲离开故乡前往台湾，和她在台湾某地任知县的父亲一起生活。大约在1893年前后，秋瑾的父亲调往湖南任职，秋瑾和母亲也随同来到了湖南。第二年夏天，父亲调任湘潭厘金局（税务机关）总办，秋瑾一家又搬到了湘潭。这时，秋瑾已是待字闺中的大姑娘了。

湘潭在清末已是有近百万人口的大县，商业和手工业都很发达，时有"小南京"之称。当时住在十八总（街道名）的王黻臣，因帮曾国藩家管账目，随同曾国藩在镇压太平天国运动中发迹，成为有"百万富翁"之称的大富户。此人早就与秋瑾父亲秋寿南相识，秋寿南调到湘潭任职后，两人更是"时相过从，渐成

秋瑾、徐锡麟、陶成章三位近代英豪被称为"鉴湖三杰"

莫逆"。再加上秋瑾素有"才女"之称，在亲朋之间很
有知名度。所以，王黻臣便托朋友李某到秋家为小儿
子说亲，要娶秋瑾作为儿媳妇。男大当婚，女大当嫁，
这是天经地义的事，况且秋王两家门当户对，又是莫
逆之交，因此这门亲事一说即成。

秋瑾一开始就不情愿这门婚事，怪父母没有了解
清楚男方的人品、性情、学问。然而，不论父母怎样
爱怜自己的儿女，儿女都逃脱不了听从"父母之命，
媒妁之言"的封建婚姻制度的束缚。就这样，在1896
年初夏，秋瑾同比她小四岁的王子芳结婚了。这王子
芳虽然生得面目清秀，潇洒风流，有点儿文名，但他
是个养尊处优的纨绔子弟，为人妄自尊大，又不讲信
义。热情奔放、豪爽不拘的秋瑾，同他根本没有感情

# 以书言志

秋瑾在庚子事变前即从事创作，多以五七言律诗和绝句抒写个人幽怨。《梅》《兰花》等诗，托物抒怀，已经很见才情。而《题芝龛记》八首通过对花木兰、秦良玉的赞颂，抒发她精忠报国的豪情壮志。庚子事变时期的《杞人忧》中的"漆室空怀忧国恨，难将巾帼易兜鍪"，《感事》中的"儒士思投笔，闺人欲负戈"，已见诗人以天下兴亡为己任的胸襟，也预示着她即将冲破樊篱，走向革命。

庚子事变以后，特别是在光绪二十九年以后，秋瑾诗的思想内容和艺术风格都发生了显著变化。献身革命，谋求民族解放与妇女解放，成了她诗歌的基调。绝大部分诗篇都洋溢着爱国主义激情，充满着挽救民族危亡、振兴祖国的激情。《宝剑歌》的"他年成败利钝不计较，但恃铁血主义报祖国"，《吊吴烈士樾》的"卢梭文笔波兰血，拚把头颅换凯歌"等等，无异

于诗人献身于革命的誓词。和徐寄尘等女友的唱和诗，唱出了对于妇女解放的理想。她希望妇女破除袖手旁观的陈规陋习，尽国民的责任，脱下闺装换戎装，挽救祖国危亡，创造英雄事业，创造"女儿文明"。这一时期的诗除五七言律诗和绝句外，又采用了篇幅较长的歌行体。诗的风格也明显地呈现出互不相同的两种特色。一种偏重抒发革命理想，表达革命必胜的信念，虽间有悲凉之句，但以乐观豪放、热烈昂扬为其特色，如《宝刀歌》《宝剑歌》《秋风曲》《泛东海歌》《吊吴烈士樾》《赠蒋鹿珊先生》等。另一种诗则偏重批判现实，慨叹世人麻木不仁，自己救国无方，如《感时》《感事》《感怀》《柬某君》等，虽有感人奋发的诗句，但以悲壮苍凉为基调。

秋瑾的词作，大致如同其诗。前期多写闺中愁绪，后期多写革命壮怀。《满江红》中的"小住京华"抒发正在觉醒，即将冲破家庭，走向革命的一腔激愤之情。《满江红》中的

"肮脏尘寰"和《望海潮》《送陈彦安、孙多琨二姊归国》，抒发唤起群众创造新世界的胸怀。

秋瑾的革命品格与诗品历来受到称赞。邵元冲说："鉴湖女侠成仁取义，大义凛然，不必以文词鸣而自足以不朽。然即以文词而论，朗丽高亢，亦有渐离击筑之风；而一往三叹，音节嘹亮，又若公孙大娘舞剑，光芒灿然，不可迫视。"（《秋瑾女侠遗集序》）

为了唤起群众，秋瑾写过白话文、歌词，谱过曲。她还针对妇女识字者少的情况，创作了通俗易懂，能够演唱的弹词《精卫石》。篇中描写黄鞠瑞等妇女冲破家庭束缚，赴日留学，参加革命党，终于推翻清朝政府，建立共和国的事迹。它相当深刻地揭露了封建制度与封建伦理观念对妇女的压迫，指明了妇女在社会革命中求得自身解放的道路，其题材具有一定的开创意义。

从光绪三十三年以来先后出版了多种秋瑾

作品集，如王芷馥编《秋瑾诗词》，龚宝铨编
《秋女士遗稿》，长沙秋女烈士追悼会编《秋
女烈士遗稿》，秋社编《秋女侠诗文稿汇编》，
王绍基编《秋瑾遗集》，王灿芝编《秋瑾女侠
遗集》，中华书局上海编辑所编《秋瑾集》。

绍兴各界妇女代表在秋瑾英勇就义处举行民祭仪式

可言，更谈不上有共同的生活志趣了。秋瑾的婆婆是个性格暴躁、思想守旧、对人极严的人，秋瑾服侍稍有不周，便遭她的斥责。这些，对于酷爱自由、性烈过男、自尊心极强的秋瑾来说，都是难以忍受的。但是，在那"出嫁从夫"的封建社会里，不管夫妻如何琴瑟异趣，甚至受虐待，女子都必须从一而终。此时的秋瑾痛苦极了，正如她后来在《精卫石》中所说："重重地网与天罗，幽闭深闺莫奈何！"她无以排遣心中的抑郁，只能借酒浇愁或写诗泄愤。她在《梅》十章中借梅自喻，叹息此生未遇知音；在《谢道韫》中，她表达了对才女不得嫁诗人的惋惜；她写于新婚之夏的《思亲兼柬大兄》诗，更深刻地表达了缺少知音同调的痛苦和不满。

　　虽然秋瑾的遭遇不幸，内心痛苦，但是

没有丝毫减损她的正义感和同情心。当时王家有个女佣人吴妈，她儿子在乡下老家租种了地主曾五爷的田。因为这年遇到旱灾，颗粒不收，吴家交

秋瑾先烈

不上租米。曾家上门逼租，吴家跪地求饶，也无济于事。可是曾家却想出一个狠毒的办法——诬告吴妈儿子是私盐贩子，写状子告到当时在湘乡任盐务督销的秋寿南衙门。那年头贩私盐是犯法的。这曾五爷是曾国藩本家，和王黻臣有亲戚，所以吴妈不敢把这事告诉主人王家，但是又怕儿子吃官司，只是暗中着急流泪。秋瑾知道这件事后，非常同情吴妈，就找借口回娘家，把实情告诉了父亲，请求父亲主持公道。秋寿南听完女儿所说，明白了事情的曲直，但是碍于亲家关系，觉得事情很难办。可秋寿南毕竟是耿直的人，清正的官，最后还是秉公处理了这桩案子，使吴妈儿子免去了一场灾祸。

正在秋瑾挣扎于王家的"网罗"中时，中国的政治局势发生了很大的变化。中日甲午战争，中国惨败；

## 满 江 红

### 秋 瑾

小住京华，早又是，中秋佳节。为篱下，黄花开遍，秋容如拭。四面歌残终破楚，八年风味独思浙。苦将侬，强派作蛾眉，殊未屑！

身不得，男儿列；心却比，男儿烈！算平生肝胆，因人常热，俗夫胸襟谁识我？英雄末路当磨折。莽红尘，何处觅知音？青衫湿！

1895年4月17日，清政府与日本签订了丧权辱国的《马关条约》，日本割去"台湾"、澎湖及辽东半岛，还要中国赔款二万万两白银，开放四个商埠。消息传开，激起全国人民的强烈反抗。以康有为为代表的一千三百多名举人联名上书，要求"拒和""迁都""练兵""变法"。接着，康有为、梁启超等人，在北京、天津、上海、广东等地，创办报刊、组织学会，大力提倡变法救国。湖南省的变法运动尤为活跃，谭嗣同等一批维新人士开办"时务学堂"，设立"南学会"，办起

《湘报》《湘学新报》，宣传变法新事物，大大开通了以"守旧闭化名天下"的湖南的社会风气。这种社会风潮自然给秋瑾以积极的影响。她常叫人买来新报新书来读，使她大开眼界，接受了许多新鲜事物。

1898年9月，慈禧太后发动宫廷政变，戊戌变法运动很快就失败了。于是，一切都恢复了原来的样子。官场更加腐败，卖官鬻爵之风更盛。就在这时，王子芳花了近万两银子买了个户部主事的京官，带着秋瑾进京赴任了。到北京之后，秋瑾一家住在南横街圆通观斜对面的一所小宅子。当时，正是戊戌变法运动失败后，封建腐朽势力甚嚣尘上，帝国

主义列强展开了疯狂瓜分中国的罪恶活动。秋瑾对从官场人物和王子芳那里所见所闻的那种满眼俗气、醉生梦死和各种腐败无能、钩心斗角的现象，非常厌恶；而危如累卵的国运，更使她忧心忡忡。有一天，秋瑾去北京附近的黄金台游览，借景抒情，写下《黄金台怀古》一诗。诗中说："蓟州城筑燕王台，招士以财亦可哀！多少贤才成底事，黄金便可广招徕？"她借用历史故事，嘲讽了清末官场上卖官鬻爵的丑行。

国家正处于风雨飘摇之中，俄、日、美、英、德、法、意、奥八个帝国主义国家，组成联军开进中国，血腥屠杀中国人民，野蛮地抢掠中国财富。为了避难，秋瑾和王子芳匆忙离开北京，回到了湖南。早已对

"红毛鬼"和清政府的反动统治深为憎恨的秋瑾，在湖南不断听到八国联军烧杀抢掠的消息，心中非常愤恨。她在这时写下《杞人忧》一诗：

# 秋瑾文艺形象的塑造

秋瑾本身就是一个传奇式的人物。作为清末革命女性的先驱人物，其行为确有不同寻常之处，且不论其主动与丈夫离异、只身赴东洋留学等惊世骇俗之举，即是日常生活方式，也颇为怪异而令人惊奇。"女士平日乘马驰骤，且作男子洋装，或送以目，或称为奇事也。"当时，作为新潮女性的秋瑾被官府砍头，这更增添了浓郁的传奇色彩，这无疑是文艺创作的绝好题材。

秋瑾就义不久，《小说林》杂志就连续刊出了多种以秋瑾为题材的小说和戏曲。小说有包天笑的连载长篇《碧血幕》、戏曲有吴梅的《轩亭秋》杂剧、龙禅居士的《碧血碑》杂剧、啸卢的《轩亭血》传奇等。其他相关题材的小说有静观子的《六月霜》、红叶的《十年游学记》、哀民的《轩亭恨》、无生的《轩亭复活记》（后改题《秋瑾再生记》）；戏曲有悲秋散

——鉴湖女侠秋瑾

休言女子非英物

人的《秋海棠》杂剧、伤时子的《苍鹰击》传奇，尤以萧山湘灵子的《轩亭冤》传奇和古越赢宗季女的《六月霜》传奇最为著名。民国成立前后，文明戏时兴起来，鉴湖女侠的形象开始被搬上舞台，进化团和春阳社两家文明戏剧团首先演出《秋瑾》，随后新民社、民鸣社、开阳社、启明社等剧团也相继上演。值得注意的一点是，清末民初的各种小说、传奇、杂剧和文明戏，所写秋瑾故事，重点突出一个"冤"字，主要着眼的是秋瑾敢于反抗家庭而

倡导男女平权的娜拉式的新女性的形象，所刻画的秋瑾形象尚不够完整、真实和高大。1936年冬，夏衍写出了第一个话剧本《自由花》，后在40年代改名为《秋瑾传》，才真正恢复了秋瑾不仅是女权主义者而且是民族民主革命家的本来面目。1940年，在吴玉章和徐特立的提议和支持下，"三八"妇女节时在革命圣地延安上演了四幕话剧《秋瑾》，对于塑造秋瑾的革命艺术形象更具象征意义。新中国成立后，各种地方戏曲也相继上演秋瑾戏。1958—1962

年，柯灵根据夏衍的话剧剧本改编为电影剧本。1981年，为纪念辛亥革命七十周年，中国戏剧舞台更出现一阵"秋瑾热"：北京京剧院二团的《风雨千秋》、上海人民艺术剧院二团的《秋风秋雨》、浙江歌舞团的《秋瑾》、杭州话剧团的《秋瑾》、江苏省昆剧团的《鉴湖女侠》、天津市京剧三团的《鉴湖女侠》、安徽芜湖市梨黄戏剧团的《鉴湖碧血》等，以话剧、京剧、昆剧甚至芭蕾舞剧等多种剧目形式，塑造了丰富多彩的秋瑾艺术形象。更值得一提的是，黄宗江、谢晋根据夏衍、柯灵原著改编了电影剧本《秋瑾》，由谢晋导演，在上海摄制了首部彩色宽银幕电影片，将秋瑾的艺术形象搬上了电影银幕。

1995年，为了纪念秋瑾诞辰一百二十周年，浙江电视台等单位联合拍摄了八集越剧电视连续剧《秋瑾》。有评论家认为："电视剧所着力塑造的秋瑾这个光彩照人形象，是一个杰出的民主主义革命家。"

幽燕烽火几时收，闻道中洋战未休。

漆室空怀忧国恨，难将巾帼易兜鍪！

这首诗的意思是：听说中国和洋人在京津一带的战争没完没了，我身居这黑暗的闺阁之中空怀报国之志，很难脱下红装戴上盔甲上阵杀敌。

就在这国家、民族遭受大劫之时，又传来了家庭的巨大不幸。1901年11月26日，秋瑾的父亲秋寿南在湖南桂阳知州任上病逝了。秋瑾的兄弟将父亲灵柩护送到湘潭安葬，秋瑾的母亲也随着来到了湘潭。办完丧事之后，秋、王两家就在湘潭合股开设了"合济钱庄"，以维持生计。可是秋家不善经商，再加所托非人，钱庄开业不到一年，本金亏折殆尽，宣告破产。从此，秋家在政治上、经济上都完全衰落不振了。

秋瑾在湖南避乱的这段日子里，心中仍然关心着国家大事。庚子之变后，慈禧太后为了登上统治宝座，一面向帝国主义屈膝投降，一面残酷镇压人民反帝斗争，激起全国人民的愤怒。一大批资产阶级民主革命人士纷纷起来，宣传反清革命的思想。这时，秋瑾看到了资产阶级革命家陈天华写的两本小册子《猛回头》和《警世钟》。陈天华以真挚的爱国热情、激愤的语言揭露清政府的腐朽反动本质，动员人民起来革命，把反帝爱国斗争进行到底。秋瑾读了这种书，受到深刻的启发、教育，她欣慰地称陈天华是引领自己"启蒙开智"的人。她明确认识到，要挽救国家的危亡，必须追求光明——起来革命，推翻清政府的黑暗统治。

1903年春天，王子芳赴京复职，秋瑾随他"重上京华"。两年多以前八国联军在京、津一带的野蛮暴行，沿途城乡满目疮痍的情景，都使秋瑾对帝国主义和清政府的愤恨之情加深了，对祖国前途的担忧之心更加强烈了。她深深感到国家民族已经到了危急关头，作为一个中国人，岂能坐视不管？她虽然"身不得，男儿列"，可是她的"心却比，男儿烈"。尤其是当她想到历史上有名的女豪杰、女英雄时，一种胜过男儿的自信心与自豪感又油然而生，她认为："肮脏尘寰，问几个男儿英雄？算只有蛾眉队里，时闻杰出。"于是，她走出了自我改革的第一步——放足（就是把缠裹着的小脚放开，尽量使它恢复原样）。她不但自己放了足，而且还在京城里联合几个女子组织了"天足会"，动员更多的妇女放足。与此同时，秋瑾还大胆地穿起了男装：上着男西装，足蹬茶色皮鞋，头戴蓝色

休言女子非英物

——鉴湖女侠秋瑾

鸭舌帽。当日本女友第一次见秋瑾时，都分辨不出秋瑾是男是女。后来，这位日本女友问她为什么要这样打扮时，秋瑾说："我想变成比男子还强的人，首先从形貌上变，再从心理上变。"秋瑾自号"竞雄"，意思是要与男子竞赛争雄。

秋瑾日趋解放的思想和行为，使王子芳深为不安和不满。他时常干涉秋瑾的行动，甚至厉声呵斥、责骂，这自然引起秋瑾的憎恶，加深了本不和谐的夫妻感情的裂痕。在他们回北京的这年中秋，王子芳叫秋瑾准备酒菜，要宴请客人。秋瑾忙碌了一天，准备好了宴席，可一直等候到傍晚，也不见王子芳和客人的面。原来王子芳被人拉去逛妓院了。秋瑾是个刚烈女子，何况她又受了新思想的熏陶，于是她就以行动来反抗丈夫的言而无信、纨绔恶习。她穿着西装，带着仆人看京戏去了。这一大胆的举动惹恼了王子芳，当晚，他竟然动手打了秋瑾。实际上，秋瑾会武功，王子芳本不是她的对手，可是她暂时忍让了。夜深了，她对着孤灯，回顾几年来的婚后生活，感到无限的悲

——休言女子非英物

——鉴湖女侠秋瑾

伤，难道就这么一辈子幽囚在家庭中？难道就这么同那卑鄙、无所作为的丈夫生活一辈子？不能！第二天一大早，她带上必需的生活用品，离家出走，到泰顺客栈住了下来。秋瑾的这一反抗行动，使王子芳非常难堪。他大小也是个京官，妻子离家出走，这不但有损他的面子，而且还有社会舆论的压力。因此，他再三恳请秋瑾的女友们从中调解，又派丫鬟仆妇们三番五次地前去劝说。秋瑾被花言巧语劝说回家后，才知自己又上当了。原来王子芳并无改悔之心，反而对秋瑾的限制、管束比以前更严了。秋瑾在忍无可忍的情况下，第二次出走，来到新宅纱帽胡同的女友家住了下来。

秋瑾第二次住进京城时，结识了一位女友名叫

## 鉴湖三杰

　　秋瑾，是近代杰出的民主革命者。她自幼喜爱诗文，性格倔强豪爽，擅长骑射击剑。清光绪三年，她冲破家庭束缚，留学日本，积极参加革命活动，在东京创办《白话报》。1905年加入光复会和同盟会。1906年回国。1907年在上海创办首家妇女报纸《中国女报》，提倡女权，宣传革命。不久，秋瑾回绍兴主持大通学堂的工作，并联络金华、兰溪等地会党，组织光复军，与徐锡麟分头准备浙皖起义。同年7月，徐锡麟安庆起义失败后，清政府便派兵包

围了大通学堂，秋瑾被捕，于7月15日在绍兴轩亭口英勇就义，年仅33岁。她是中国近代为革命献身的第一位女性，一生充满了反帝爱国之情。

　　徐锡麟，是近代民主革命先烈，东浦镇孙家娄人。1903年游学日本。1904年在上海加入光复会，并到浙江各地联络会党，与陶成章等人一起创办大通学堂，以培养和积蓄革命力量。1905年，为了在清政府内从事革命活动，捐资成为道员，赴安徽任巡警处会办兼巡警学堂监督。1907年与秋瑾准备在浙皖两省同时起义。

　　光绪三十三年，徐锡麟暗中联络会党，约定在7月8日乘巡警学堂举行毕业典礼时进行突然袭击，然后与秋瑾的浙东起义军共同攻打南京。因有人叛变，毕业典礼突然提前举行，会

中徐锡麟用短枪击毙安徽巡抚恩铭，其余文武官员慌忙逃走。徐锡麟与巡警学生百余人很快占领了军械所，后被前来镇压的清军包围，激战四小时失败，徐锡麟被捕。审讯中，毓朗令徐跪，徐说："你还在洋洋得意，若慢走一步，即被余毙！"继而徐锡麟问："恩铭如何？"联裕等骗以仅受微伤，徐气泄，低头不语。联裕接着说："尔知罪否？明日当剖尔心肝矣！"徐锡麟闻语忽然领悟，大笑说："然则恩铭死矣！恩铭死，我志偿！我志既偿，即碎我身为千万片，亦所不惜。区区心肝，何屑顾及！"期间徐锡麟执笔自书供词。当晚，徐

——鉴湖女侠秋瑾

休言女子非英物

锡麟被杀。临刑前，先拍小影，他神色自若地说："功名富贵，非所快意，今日得此，死且不悔矣！"

　　**陶成章**，陶堰镇西上塘人。他从小喜读爱国书籍，接触新学，思想进步。1902年东渡日本留学，1903年底回到上海，参加革命活动。1904年与蔡元培等创立光复会，1905年8月与徐锡麟等创办大通学堂。1906年在日本加入同盟会，不久回国，联络闽皖各省，成立光复军，被推为五省大都，与徐锡麟、秋瑾加紧准备皖浙起义。1907年7月，安庆起义失败后，遭清廷通缉，再度避居日本，辗转南洋，兴办光复分会。武昌起义后，积极发动上海、浙江、江苏各地光复分会。浙江光复后，被推举为省临时参议会议长。1912年1月，遭暗杀于上海，年仅35岁。

吴芝瑛。吴芝瑛是清末著名的"桐城派"学者吴汝纶的侄女。她的丈夫廉泉也是一个思想开明的人。两人因近邻关系而相识，一见如故，情趣相投，便成了志同道合的朋友。在吴芝瑛家里，秋瑾经常看到当时出版的一些新书、新报。这些书报大多是由一些进步青年在日本或上海等地出版的。她如饥似渴地用心阅读，眼界不断扩大，思想境界不断提高。她经常写诗来抒发情感、表明志向。她在《宝刀歌》一诗中说：

赤铁主义当今日，百万头颅等一毛！
沐日浴月百宝光，轻生七尺何昂藏？
誓将死里求生路，世界和平赖武装。

诗的大意是说：今日世界通行铁血主义，战争不

断；杀人百万如同儿戏。久历沧桑的宝刀闪闪发光，我个人身躯何足珍惜，决心拼命为祖国杀出一条生路，世界和平只有靠刀枪！

她在《宝剑歌》诗中写道：

炎帝世系伤中绝，茫茫国恨何时雪？

世无平权只强权，话到兴亡眦欲裂。

千金市得宝剑来，公理不恃恃赤铁。

死生一事付鸿毛，人生到此方英杰。

这首诗的大意是说，真痛心中华儿女面临断绝的境地，这茫茫的国恨何时才能昭雪？世界上没有平等的权利而只有强权，说到国家兴亡之事我眼眶都气裂了。花了许多钱买来这把宝剑，为的是世界不靠公理而靠武力。我把生死一事看作轻如鸿毛，人到这时才能成为英雄豪杰。

　　如果说以前秋瑾是为不幸的婚姻而苦恼，那么现在，她却为祖国前途而深切忧虑了。她不愿意守在王子芳身旁，过碌碌无为的日子了。她对吴芝瑛说："一个人生活在世界上，应当救国救民，对社会做出贡献，以实现自己的抱负，怎么可以一辈子都把自己的精力放在柴米油盐这类生活琐事上呢！"于是，她开始苦心思索如何追求光明，怎样实现理想

抱负。恰在这时，中国出国留学的青年日益增多，仅到日本一国去的，就从每年二三百人增加到一千三四百人。秋瑾下决心要出国留学，到国外去寻求真理，结识更多的同志，回国后为追求光明而战，为挽救祖国而战！

王子芳坚决反对秋瑾出国。他不但没有给秋瑾以资助，反而偷走了秋瑾陪嫁的珠帽、珠花等财物，以此来断绝秋瑾的经济来源。秋瑾心志已决，万难转回，她把剩下的一些首饰变卖了，艰苦地凑集了一笔留学经费。

正当秋瑾为筹集费用而各处奔走时，忽然听说前礼部主事王照因与维新派有牵连而下狱。秋瑾出于对维新派的同情，便不顾自己留学经费不足，从中抽出

一部分，托人送给狱中的王照，让他上下打点，好早日出狱。秋瑾和王照素不相识。她的侠肝义胆、慷慨济人的行为，深深地感动、教育了许多人。

1904年6月28日，秋瑾与回国探亲的日本女友服部繁子一道，乘火车离开北京到塘沽，搭乘法国客轮"独立号"东渡日本，迈出了她一生中具有决定意义的一步。

## 投身革命何惧死

1904年7月初，秋瑾到达日本东京。

日本通过明治维新，学习西方，资本主义迅速发展，国家日益强盛。所以，急于寻求救国救民的真理和知识的中国青年，纷纷到日本留学，使日本成了当时中国革命活动的一个大据点。当时的东京是资产阶级革命派极为活跃的地方，他们经常利用留学生会馆和各省同乡会进行革命宣传，还出版一些宣传革命的书报，如《湖北学生界》《江苏》《浙江潮》《新湖南》等。秋瑾到这里后，一边在日语讲习所补习日语，一边积极参加各种宣传革命的集会，利用业余时间阅读宣传革命的书报。这样，使她眼睛更明亮，心胸更开阔，胆气也更壮了。

当时，中国留学生的成员很复杂，其中还有主张保皇立宪的，也有为个人镀金以后回国捞个一官半职的。对这些人，秋瑾敢于同他们进行针锋相对的斗争。

有一次，在谈论排满革命与男女平等问题时，秋瑾同浙江留学生胡道南意见不合，发生争执，秋瑾当面骂他是"死人"。这个胡道南就是后来向绍兴知府密告秋瑾是革命党，而使秋瑾被捕遇害的人。

身着男装的秋瑾

休言女子非英物

——鉴湖女侠秋瑾

　　秋瑾在东京广为结交进步青年和革命志士，陶成章、鲁迅、宋教仁、王时泽、何香凝、冯自由等，都同她有过或多或少的交往。秋瑾之所以广交仁人志士，目的非常明确，她在《鹧鸪天》中写道：

　　　　祖国沉沦感不禁，闲来海外觅知音。
　　　　伞瓯已缺总须补，为国牺牲敢惜身。
　　　　嗟险阻，叹飘零，关山万里作雄行。
　　　　休言女子非英物，夜夜龙泉壁上鸣。

　　这词的大意是说：看到封建落后的祖国心中难受，我到海外结交革命同志。为了挽救祖国，我怎能怕牺

秋瑾墓

牲个人生命。冲破艰难险阻、漂洋过海来到日本学习，是有志青年的英雄行为。不要说女子没有英雄，我天天都想着报国杀敌。

秋瑾除了学习之外，还积极参加一些社会工作和革命活动。当时，由留日的十几个女生组织了一个爱国的妇女组织叫"共爱会"，但入会人数很少，又很少开展活动。秋瑾就与陈撷芬一道，重建"共爱会"，改名"实行共爱会"，宗旨是唤醒、联合广大女同胞为国献身。

1904年秋，孙中山派冯自由、梁慕光，在日本横滨成立"三合会"，以"推翻清朝，恢复中华"为宗旨。秋瑾、王时泽、刘道一等人得知消息后，特地从东京赶往横滨参加。"三合会"虽然是反清的革命组织，但在形式上还带有某些帮会的色彩。那天，主持入会宣誓仪式的梁慕光，手持钢刀，架在秋瑾脖子上，

## 如 此 江 山

### 秋 瑾

萧斋谢女吟《秋赋》，潇潇滴檐剩雨。

知己难逢，年光似瞬，双鬓飘零如许。

愁情怕诉，算日暮穷途，此身独苦。

世界凄凉，可怜生个凄凉女。

曰："归也"，归何处？

猛回头，祖国酣眠如故。

外侮侵陵，内容腐败，没个英雄作主。

天乎太瞀！

看如此江山，忍归胡虏？

豆剖瓜分，都为吾故土。

【注】这首词是秋瑾在日本留学时所作，表达了她想回国报效，又不能的感受。

问道："你来做什么？"秋瑾答道："我来当兵吃粮！"梁又问："你忠心不忠心？"秋斩钉截铁地答道："忠心！"梁进一步问："如果不忠心，怎么办？"秋瑾答道："上山逢虎咬，出外遇强人！"

在十个人一一宣誓之后，冯自由和梁慕光横牵一幅六七尺长的白布，上书"反清复明"四个大字，命各宣誓人弯腰鱼贯从布下穿过，表示忠于主义；然后又在室内点燃一堆火，命各人从火上跳过去，表示赴汤蹈火在所不辞。接着，会员共饮鸡血酒，表示生死不渝、患难与共。最后，冯、梁向入会者交代一些会规，封秋瑾为"白扇"（即军师）、刘道一为"草鞋"（即将军）、刘复权为"洪棍"。

　　秋瑾参加革命组织后，更加重视宣传工作。她积极参加"演说练习会"，还倡办了《白话报》。1904年中秋，在《白话报》首期上，发表了她以"鉴湖女侠

秋瑾"署名的《演说的好处》一文。在以后几期的《白话报》上，每期都有她热情洋溢的文字，号召女子反缠足、争求学、争男女平权，激励国内人民爱国抗清。这时，秋瑾还买了一把日本刀，既借以防身自卫，又用以练武。她常到武术会练习射击，还向一位广东人学习制造炸药。

1905年初，秋瑾在日语讲习所毕业，准备转入东京青山实践女校附设的"清国女子速成师范专修科"。这时，她经人介绍认识了光复会的缔造者陶成章。她从陶成章那儿了解到光复会的革命宗旨，便恳切地要求加入光复会。陶成章被她的精诚所感动，答应做她的入会介绍人，并向她介绍了光复会的其他两位领导人蔡元培和徐锡麟。

1905年春，秋瑾暂时回到离别半年多的祖国。她拿着陶成章的介绍信，先到上海爱国女校找到了蔡元培，倾谈了自己的理想和抱负。不久，她又回到绍兴，找到了在东浦热诚小学主持教务的徐锡麟。经徐锡麟介绍，她加入了光复会，在反清革命的道路上，又向前跨进了一大步。

　　秋瑾回到家中，探望了母亲，艰难地筹措了一笔学费之后，于1905年盛夏，又登上轮船前往日本，继续求学。回到东京，秋瑾进了青山实践女校的师范科学习。这个学校不但校规很严，课程也很繁重。秋瑾毅力惊人，学习刻苦，每天晚上都读书、写作到深夜。由于秋瑾是自费留学，开支很大，手头钱款有限，所

——鉴湖女侠秋瑾

休言女子非英物

## 七　律

### 秋　瑾

漫云女子不英雄，万里乘风独向东！

诗思一帆海空阔，梦魂三岛月玲珑。

铜驼已陷悲回首，汗马终惭未有功。

如许伤心家国恨，那堪客里度春风。

以她非常节约；可是，当别人在经济上有困难时，她还是慷慨解囊相助。在一些小事上，仍能表现出她的女侠风范。

1905 年 7 月中旬，孙中山由欧洲抵达日本，同黄兴、陈天华等人商议，决定成立一个统一的政党——中国同盟会。7 月 30 日，在东京赤坂区桧町"黑龙会"会所，召开了同盟会预备会议。会上，孙中山明确提出了"驱除鞑虏，恢复中华，创立民国，平均地权"的纲领。大会一致推举孙中山先生为同盟会总理。8 月 20 日，同盟会正式成立，通过了党纲和会章，并选黄兴为副总理。此后，参加同盟会的留学生络绎不绝。

经黄兴的介绍，秋瑾拜会了孙中山先生。十多天后，经冯自由介绍，秋瑾参加了入盟仪式。她举起右手肃立在桌旁，宣誓道："秋瑾当天发誓：驱除鞑虏，恢复中华，创立民国，平均地权，矢信矢忠，有始有卒，如或渝此，任众处罚！"宣誓完毕，由黄兴教以会员相见时的握手暗号和三种秘密口令。在同盟会第二次大会上，秋瑾被推选为浙江主盟人和评议员。

清朝政府闻知孙中山等革命党人在留日学生中酝酿革命，十分恼怒而又恐慌，多次要求日本政府驱逐留日的革命党人，并限制留学生的活动。于是，日本文部省颁布了《取缔清国留学规则》，禁止中国留学生的革命活动，剥夺留学生人身自由。规则一出，留学界群情激愤，八千学生罢课以示抗议，并组织敢死队

秋瑾故居

与日本政府交涉。秋瑾毅然担任敢死队队长，率领敢死队同日本政府交涉；但日本政府置之不理，反而诬蔑中国留学生是"乌合之众""放纵卑劣"。当时留学生分为两派：一派以陈天华、秋瑾为首，主张全体留学生回国；另一派则出于各种不同的考虑，而反对全体回国。陈天华见状，忧心如焚，他以蹈海自尽，表现了对于

不惜千金买宝刀，貂裘换酒也堪豪。一腔热血勤珍重，洒去犹能化碧涛。

时在零柒年立秋之日以中性笔敬

录秋瑾诗句　求知堂美作志

民族尊严和人身自由的凛然不可冒犯的气节。陈天华的自尽震动了留学界，秋瑾主持召开了"陈天华烈士追悼会"。会上，秋瑾发表了慷慨激昂的演说。当她说到激动处，随手从靴筒里抽出"日本刀"插在桌上，大声喊道："如有人回到祖国，投降清朝，卖友求荣，欺压汉人，吃我一刀！"

　　经过中国留学生的强烈反对，《取缔清国留学生规则》最后没有实行。

# 秋　瑾　墓

　　秋瑾烈士墓位于杭州市区白堤尽头西泠桥畔，是经十次迁徙于1981年重新建造起来的，是浙江省重点文物保护单位。墓碑呈方形，用花岗岩砌成，高1.7米，正面嵌孙中山题字"巾帼英雄"石刻，背面为徐自华、吴芝瑛题书《鉴湖女侠秋瑾墓表》，两块碑石均为原墓被毁时收藏的原物。墓穴内秋瑾烈士遗骨放于坛中，置石砚一方，上刻"秋瑾墓一九八一年九月自鸡笼山迁西泠桥畔"。墓座上端为汉白玉雕秋瑾全身塑像，高2.7米，头梳髻，上穿大襟唐装，下着百褶散裙，左手按腰，右手按剑，眼望西湖，英姿飒爽。

　　始葬：1907年7月15日，绍兴府城卧龙山西北麓。

　　首迁：1907年10月，迁往绍兴常禧门外严

——休言女子非英物

　　　鉴湖女侠秋瑾

家潭。

二迁：1908年2月迁葬于杭州西泠桥西侧。

三迁：1908年12月1日，因御史常徵"告发"，被迫迁葬回绍兴城外严家潭。

四迁：1909年秋，远迁湖南湘潭昭山，与王子芳（秋瑾丈夫）合葬。

五迁：1912年夏，迁葬湖南长沙岳麓山。

六迁：1913年秋，还葬杭州西湖西泠桥西侧原葬处。

七迁：1964年，迁葬杭州西湖鸡笼山。

八迁：1965年初，由杭州鸡笼山迁回西泠桥原葬处，改为圆丘墓，墓表石刻冯玉祥题联："丹心已结平权果；碧血常开革命花"。

九迁：1966年，墓被拆除，遗骸再葬于杭州鸡笼山。

十迁：1981年10月，还葬于西湖孤山西北麓，西泠桥南堍。墓顶设汉白玉雕像。

休言女子非英物

——鉴湖女侠秋瑾

秋瑾留日时的照片

# 英勇就义垂青史

1905年末，秋瑾登上从横滨开往上海的轮船，结束了为期一年半的留学生活，回到了危机重重的祖国。

秋瑾首先回绍兴探望老母。不久，经人介绍，在明道女校代教体育课。后经陶成章介绍，她又前往吴兴南浔浔溪女校教日文。在浔溪女校，她一面认真教学，一面暗中宣传革命思想，发展新会会员。秋瑾的行为引起了校方的怀疑，他们制造流言蜚语讽刺秋瑾，迫使秋瑾愤然辞职。

秋瑾离开南浔之后，来到了上海。鉴于革命形势的发展和自己是浙江主盟人的责任感，她与光复会会

## 浙江省绍兴市城南塔山南麓的秋瑾故居

秋瑾故居，坐北朝南，北靠林木苍翠的塔山，离清波荡漾的鉴湖不远，环境古雅清幽，盛满一代女中英杰的豪气壮志。秋瑾曾经在此习文练武，度过她的少女时代。1906年回乡后，这里又成了她从事革命活动的重要场所。新中国成立以后，对秋瑾故居进行了几次整修，并把它列为省重点文物保护单位。1988年1月13日被国务院批准列入第三批全国重点文物保护单位名单。

秋瑾故居原来是明代大学士朱赓别墅的一部分。故居共五进，第一进是门厅，第二进为三间平房加一楼一底房屋，是秋瑾居住、生活的房间，其余三进为秋瑾母、兄等人的住处。秋瑾所居住的二进房屋有客堂、会客室、餐厅、卧室，秋瑾曾在这里接待同志，秘密商议起义事宜。卧室的后墙为夹墙，在夹墙的密室内，是秋瑾收藏武器和文件的地方。故居曾经多次

——鉴湖女侠秋瑾

休言女子非英物

修缮，在第三四进设有秋瑾史迹陈列室。

故居大门上面悬挂着辛亥革命老人何香凝所题的"秋瑾故居"匾额，笔力遒劲，情意内涵。

进入故居，就是一个石板铺成的小天井。越过天井是三间坐北朝南的平房和一间小楼，当中的堂屋里挂有"和畅堂"的堂匾，笔调清峻，字迹挺拔，显示了主人不凡的性格。西首一间陈设着圆桌、方椅等简朴的家具。少年时代的秋瑾，就是在这里诵读诗文。特别是杜甫、辛弃疾等人忧国忧民的诗词，常使她托腮沉思，心潮难平。归国后，这里又是她与徐锡麟、陶成章等战友共商革命大计的地方。东首一间是

餐室，墙上挂有秋瑾挚友吴芝瑛赠送给她的一副对联"英雄尚毅力，志士多苦心"。与餐室毗连的耳房为秋瑾的卧室，里面的古式雕花木床和书桌都是秋瑾用过的原物。书桌上还放着秋瑾当年使用的文房四宝和她牺牲前几天的遗墨，以及刻有"鉴湖雌侠""秋闺瑾印"的象牙印章。秋瑾不仅是一位伟大的女革命家，而且也是一位著名的女诗人。她的许多声讨清王朝封建统治的战斗檄文和洋溢着爱国主义激情的诗篇，就是在这张书桌上写成的。特别引人注目的是墙上挂着的秋瑾男装照片，英姿焕发，神采动人。

秋瑾卧室后壁还有一间狭长的夹墙密室，这里曾藏放过枪支弹药和革命文件。据说当时徐锡麟在安庆起义失败后，形势十分危急，有人曾劝秋瑾暂避一时，然而她却拒绝了，坚持斗争直至不幸被捕。当时的知府贵福多次派人来查抄，但这间密室始终未被发现。

穿过堂屋，走过植有花木的明堂，前面是

——鉴湖女侠秋瑾

休言女子非英物

三间平房，现已辟为秋瑾烈士文物陈列室。第一室介绍秋瑾诞生的时代背景及其青少年时期的情况；第二室陈列秋瑾留日时的诗词、文稿、信札、照片和生前用过的物品；第三室反映秋瑾回国后从事革命活动的业绩。

第四进也是三间平房，陈列着秋瑾殉难后人们对她的纪念，其中有周恩来和孙中山、宋庆龄、吴玉章、郭沫若、周建人的题词，这些墨迹都给秋瑾以高度的评价。"危局如斯敢惜身，愿将生命作牺牲。"志士壮烈成仁的事迹，永为后人敬仰。

员尹锐志、陈伯平在虹口祥庆里设立了"锐进社"，以联络会员，开展革命活动。与此同时，她还积极投身于妇女解放的宣传和组织工作。秋瑾考虑到，要使广大妇女觉醒和行动起来，首先需要有一种妇女们自己的舆论阵地。于是，她各地奔走筹集经费，艰难地创办了《中国女报》。可惜，由于经费不足，《中国女报》只出了两期便停刊了。秋瑾在该报上发表的诗文以及她过去在《白话报》上的一些文章，都是她宣传妇女解放斗争的杰作。她沉痛地控诉了封建制度及其纲常伦理对妇女的压迫和摧残，生动地描绘了广大妇女从生到死的种种悲惨遭遇，愤怒地批判了重男轻女的各种谬论，深刻揭示了妇女受压迫的原因，并针对这些原因而提出了关于妇女解放的一系列革命主张。

在办报的同时，秋瑾还和宁调元、陈汉元在密室里试制炸药。一天，由于三人同时都喝了酒，操作不慎，引起爆炸，陈伯平被炸伤了眼睛，秋瑾被炸伤了

手。幸而地处偏僻，等巡捕来盘问时，一切都已处理
完毕。

　　同盟会成立后，以孙中山为首的革命党人，一面
大力宣传革命，一面积极组织武装起义。这时，光复
会也积极开展活动，徐锡麟派浙江平阳党首领之一的
王金发，到上海找秋瑾，请她到绍兴主持"大通师范
学堂"，准备武装起义。秋瑾接受邀请之后，于1907年
初春正式接任大通学堂督办（校长），主持学堂各项事
务。她对学生要求严格，训练认真，并且身体力行。每
天清晨，激越的号声把学生从床上唤起时，秋瑾已身穿
男子体操军装，怀藏勃郎宁手枪，腰佩日本刀，骑马立
在操场上了。严格、认真的训练，使学生们很快克服了
会党的散漫习气，掌握了简单的军事知识。

秋瑾除了主持大通学堂工作之外，还经常四处奔走，联络会党同志，积极准备武装起义。为了掩护革命工作，并刺探绍兴清政府的内部情况，秋瑾一开始就用心同绍兴知府贵福等人拉关系。她通过贵福幕僚中一位姓徐的亲戚，结识了贵福。在大通学堂开学典礼时，她请贵福和山阴、会稽两县知县到会致颂词。贵福还把秋瑾别号"竞雄"二字拆开，凑成一副"竞争世界，雄冠全球"的对联赠送秋瑾。因此，尽管劣绅们痛恨大通学堂和秋瑾，但也不敢公开反对和攻击。

秋瑾除了联络各地会党之外，还在浙江的武备学堂、弁目学堂进行工作。这两个学堂都是清政府培养中下级军官的学校，学员毕业后都在"新军"中任职。秋瑾在这里发展了一批光复会或同盟会成员，壮大了革命力量。

　　1907年3月，秋瑾把所联络的会党统一编组，由徐锡麟任首领，秋瑾担任"协领"，各会党首领担任"分统"，以下设有参谋、部长、副部长等。各级头领都有金戒指为记号，戒指中嵌有职衔或英文字母A、B、C等。4月，秋瑾和徐锡麟主持在杭州的白云庵召开了浙江各会党和军学界首领的秘密会议。他们把光复会与会党组编成八个军，用"光复汉族，大振国权"八个字作为每一军的编号，总称"光复军"。同时制定了具体的起义计划。起义时间原定4月，但因筹备不及，又推迟到7月6日。

　　就在皖浙两省同时起义之前，几处光复军遭到了破坏：6月中旬，嵊县（今嵊州市，下文同）的裘文高没和平阳党首领竺绍康商量，突然起义而失败。接着，

## 秋瑾的两位挚友：吴芝瑛和徐自华

吴芝瑛，安徽桐城人，诗文俱佳，尤其擅长书法。她曾制小万柳堂法帖，流入东瀛，甚得日本皇后的青睐，据说慈禧太后也很赏识她的墨宝。她的丈夫廉泉，字惠卿，江苏无锡人，年轻时参加"公车上书"，思想倾向维新，1902年和日本人中岛裁之联合在北京创办东文学社，还在北京顺治门外开办了一家文明书局，故在北京小有声望。后来廉惠卿捐官户部郎中，与秋瑾丈夫王子芳同朝为官，两家又是近邻，秋瑾与吴芝瑛得以相识。两人才气相敌，时相过从，正式换帖结为盟友。吴芝瑛的叔父吴汝纶是曾国藩的四大弟子之一，任京师大学堂总教习。经吴芝瑛介绍，秋瑾和京师大学堂日籍教员服部宇之吉之妻服部繁子相识。秋瑾第一次赴日本就是与服部繁子相伴同行的。

**徐自华**，浙江石门县（今桐乡市崇福镇）人，出生官宦世家，写得一手好诗词。21岁嫁

——鉴湖女侠秋瑾
休言女子非英物

到湖州府南浔梅家，婚后7年，不幸丈夫病故。1906年春，南浔乡绅创办浔溪女校，34岁的徐自华被聘为校长。适逢秋瑾从日本归国，经人介绍也来浔溪女校执教。两位才女一见如故，同事两月，结为莫逆之交。徐自华的妹妹徐小淑当时正在浔溪女校就读，师从秋瑾，成为秋瑾最得意的女弟子。徐氏姐妹后来经秋瑾介绍加入了同盟会。徐自华与秋瑾交往时间只有一年半，形影不离的日子加起来只有三个多月，同志加姐妹的情谊却非常深厚，坚不可摧。

秋瑾牺牲后吴芝瑛和徐自华不约而同，挺身而出。吴芝瑛先后写下了《秋女士传》《纪秋女士轶事》《挽秋女士联语》等诗文；徐自华先后写了《哭鉴湖女侠》《秋女士历史》《秋瑾轶事》《祭秋女士文》等诗文，相继在上海《时报》《神州日报》《小说林》等报、杂志上发表。她俩互相呼应，矛头直指当局。她俩不顾个人安危，不遗余力，秋瑾才得以实现"埋骨西泠"的夙愿。

075

休言女子非英物

——鉴湖女侠秋瑾

武义县龙华会的聂李唐，泄漏了起义消息，被知县逮捕。不久，金华光复军统领徐顺达，也因泄露机密被害。其他几地的光复军，又因混入奸细而遭到很大破坏。因此，起义时间只好推迟到7月19日。

在安徽任巡警学堂会办（副校长）的徐锡麟，原定7月8日在巡警学堂举行毕业典礼之际举行起义。但是安徽巡抚恩铭命令他提早举行典礼。徐锡麟考虑到：如果提前起义则缺乏后援；如不提前，自己的身份已有暴露的危险（因有叛徒告密）。因此，他只好提前在6日举行起义。7月6日这天上午

8时许，毕业典礼开始不久，徐锡麟即发出信号，陈伯平迅速向恩铭掷去一颗炸弹，炸弹没有爆炸。徐锡麟立即从靴筒里抽出两支手枪，朝恩铭开枪，恩铭中弹倒地，后来伤重而死。徐锡麟率领一百多名学员冲出学堂大门，奔向安庆军械所夺取武器。经过四小时激战，终因寡不敌众而起义失败，陈伯平牺牲，徐锡麟被捕，不久惨遭杀害。

这接二连三的事件，引起清政府的密切注意。就在这时，曾被秋瑾在日本当面斥为"死人"的胡道南，向绍兴知府贵福密告了秋瑾等谋于农历七月十九日起义的情报。贵福立即向浙江巡抚张曾敭报告这种情况。张曾敭一面命贵福侦察大通学堂；一面通知杭州新军前去镇压。这消息被武备学堂里的同志探知，马上派人报告了秋瑾等人。当时有些人劝秋瑾暂时离开绍兴，但是她毅然拒绝了同志们的好意。她说："我怕死就不会出来革命，革命要流血才会成功。"她立即率领学生隐藏枪

支弹药，烧毁了一些秘密文件，以避免重大损失。正在这时，王金发突然来到大通学堂。他来此的主要目的是劝说秋瑾暂时离开绍兴，以保存实力，日后东山再起。可是秋瑾已抱定献身的决心，镇静地说："我不入地狱，谁入地狱？"然后把浙江各地同志的名册交给王金发，催促他快走。王金发见劝说无效，只好含泪告别，临走时把自己的手枪留给了秋瑾。

7月13日这天下午，绍兴知府贵福和山阴知县李钟岳、会稽知县李瑞年，带领三百多清兵，包围了大通学堂。这时学校里只剩下三十几名学员和秋瑾等几名教员。有人最后努力劝说秋瑾从学堂后门逃走，秋瑾坚决拒绝了。她命令其他人赶紧离开，于是有人从

## 《药》中的"夏瑜"与秋瑾的关系

《药》是一篇小说，写的人物又是夏瑜，只是借秋瑾的名字化来，而没有借秋瑾的事迹做素材（但可以说是借了秋瑾的斗争精神），所以烈士被害的地点并不明写，只说是"古□亭口"。另外，作者是通过老栓的眼睛来观察的，因为年久剥蚀，加上晨光熹微，其他三个笔画少的字尚可辨认，独"轩（軒）"字笔画繁复，远远看去不甚分明，因此用"□"，课本中也点明了是"黯淡的金字"。

作者把革命牺牲者夏瑜就义的地方都定在绍兴古轩亭口，这个巧妙的搭配使读者把文章一起联系到当时现实的社会动荡和混乱中去。

秋瑾于1907年7月15日在绍兴古轩亭口英勇就义。1907年作为《女子世界》的增刊印行的短篇小说《轩亭复活记》的主人公名为夏瑜。小说写革命者夏瑜在轩亭口牺牲后竟又复活了。这内容虽然有点荒诞，但它多少反映了人民群

——鉴湖女侠秋瑾

休言女子非英物

拓展阅读
TUOZHAN
YUEDU

众对烈士不死的心愿。同年，竞存书局出版了
《秋瑾再生记》，黄民编，小说内容和《轩亭复
活记》完全一样，而主人公的名字由夏瑜干脆
改为秋瑾了。这"黄民"也很可能是小说的真
正作者。1912年上海复社出版《黄剑血》，又把
《轩亭复活记》收入集内。《女子世界》是当时
有影响的革命刊物。它不仅宣扬争取女权，而
且宣传反清的革命思想。它创刊于1903年12月，
稍迟于《浙江潮》的问世，停刊于1907年，前
后共出版18期。《轩亭复活记》的作者黄民，曾
编有《秋雨秋风》一
书，1907年由鸿文书局

出版，该书共两编，第一编为传记、遗文、遗诗、公论、哀悼诗文、讽刺游戏文等六部分；第二编为遗稿、公论、哀祭诗文及评林、事迹、供词。这是一本内容充实的秋案文献集兼纪念册，在秋瑾牺牲后短短几个月内就收集材料、编辑付印而成书问世，如果不是接近秋瑾的人是不大可能的。据周作人《彷徨衍义》中说，鲁迅是十分关注徐锡麟、秋瑾一案的，他曾特地赶到留学生会馆趁人少时查阅报纸的有关记载。那么鲁迅在《药》中以夏瑜暗喻秋瑾，是受了《轩亭复活记》的影响？当然，也不能排斥鲁迅可能根本就没有看到这本印了几次的小说。那么，他的以夏瑜暗喻秋瑾，和黄民便是不谋而合了。

　　还有一些线索可以进一步证实夏瑜就是秋瑾：秋与夏相对，都是季节；瑾与瑜相对，都是美玉。小说中提到的"古□亭口"正是秋瑾就义的"古轩亭口"。所以"夏瑜"是在影射秋瑾，鲁迅创作这篇作品就是以秋瑾这一历史人物作为背景的。

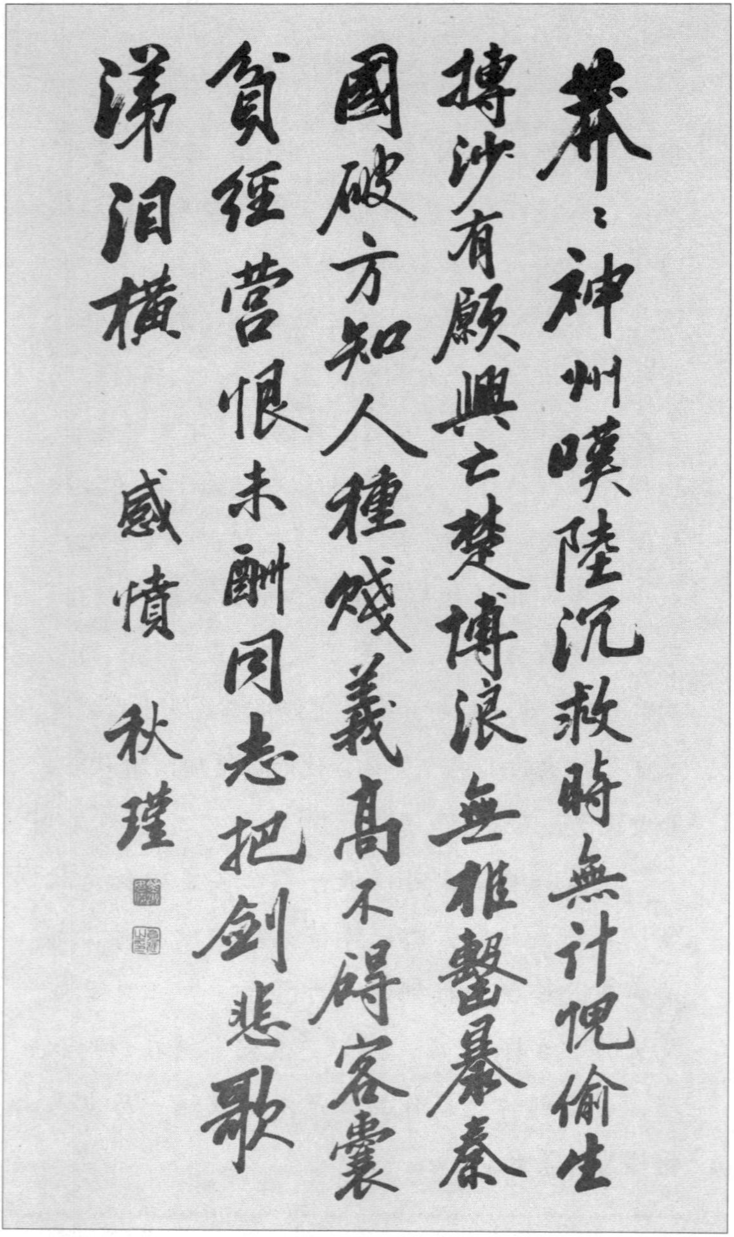

莽莽神州叹陆沉，救时无计愧偷生

搏沙有愿兴亡楚，博浪无椎击暴秦

国破方知人种贱，义高不得客囊

贫经营恨未酬同志把剑悲歌

滴泪横

感愤　秋瑾

前门冲出，有人从后门逃走，最后只剩下十多个人。不一会儿，清兵把学堂围得水泄不通。清兵从前门进攻，枪声大作，终因寡不敌众，秋瑾等十余人被捕了。

秋瑾被押到绍兴知府衙门后，当天晚上就在大堂上受到严讯。秋瑾临危不惧，不论贵福怎样凶神恶煞般地逼供，她坚决不吐露革命的真情。贵福问道："你认识徐锡麟吗？"秋瑾回答说："曾经相识。"愚蠢的贵福以为打开了缺口，便进一步追问："那么，还有谁是你的同党？"秋瑾即转守为攻道："你也常到大通，并赠我'竞争世界，雄冠全球'对联，你还和大通师生一起拍过照。你不是同党吗？"贵福被弄得目瞪口呆，只好退堂。第二天上午，贵福令山阴知县李钟岳继续审讯。李钟岳没有用刑，只是拿了纸笔，让秋瑾自写

不惜千金买宝刀，
貂裘换酒也堪豪。
一腔热血勤珍重，
洒去犹能化碧涛。

秋瑾词 对酒

甲申孟春 孔令芝书

口供。秋瑾提笔在手，想到革命尚未成功，而同志已惨遭杀戮，悲愤交加，于是写下了"秋风秋雨愁煞人"七个字，就掷笔在地，然后大声说："革命的事，不必多问，要杀要剐随便吧！"贵福见李钟岳不肯用刑，便另派爪牙用酷刑逼供。不论敌人如何用刑，秋瑾以无比坚强的毅力忍受着肉体的剧痛，始终"坚不吐实"。

在用尽各种方法都不能迫使秋瑾屈服之后，贵福决定尽快杀害秋瑾。贵福编造了所谓秋瑾口供，然后请示上司将秋瑾正法。他们已听说嵊县的竺绍康将要集合人马进攻绍兴、营救秋瑾，十分害怕。所以，张

曾敫立即批准了贵福的请示。

　　1907年7月15日（农历六月初六）凌晨，监狱门外响起了一阵急促的敲门声，随着灯笼火把拥进一群荷枪实弹的清兵，管牢的禁婆打开了秋瑾牢房门。秋瑾见状，马上意识到自己就要与生命永别了。她愤怒而沉着地喝道："叫李钟岳来，我有话说。"知县李钟岳进来，问她："你有什么话说？"秋瑾说："革命党人不怕死，不过我有三个要求：一、让我写信与家人、亲友告别；二、临刑时不许脱我的衣服；三、

休言女子非英物

——鉴湖女侠秋瑾

死后不许将我枭首示众。"李钟岳答应了她后两点要求。秋瑾不再坚持。她穿着白色布衫，黑纱裤，拖着沉重的铁镣，昂首挺胸，走向了设在轩亭口的刑场……

秋瑾，这位为民族解放和妇女解放而英勇斗争的战士，怀着对革命未成、壮志未酬的遗恨，结束了短暂而光辉的一生。就义时，她年仅32岁。

秋瑾就义后，引起整个社会舆论的深切同情，人们强烈谴责清政府的倒行逆施。当时上海《中外日报记者》《时报》《文汇报》等纷纷就秋瑾一案向清政府提出责难。留学日本和欧洲的一些学生团体，纷纷发表通电，强烈谴责清政府的罪行。贵福和张曾敭两人受到浙江人民的强烈痛恨，无法继续在浙江待下去。当年冬，清政府就把贵福调任安徽宁国府知府，因遭到安徽人民的强烈反对，而不能上任。清政府把张曾敭调任山西巡抚，同样也被山西人民坚决拒绝。为了给秋瑾复仇，浙江各地的光复军和会党纷纷起义，越

# 光 复 会

光复会，亦称复古会，是清末著名的革命团体。1904年在上海成立，推蔡元培为会长。宗旨为"光复汉族，还我河山，以身许国，功成身退"。主要力量为会党和新军。主要活动范围在上海、浙江、江苏、安徽。著名人物章太炎、徐锡麟、秋瑾、陶成章。

清朝入关取代朱明政权后，在长达二百六十多年的统治中，中国社会上"反清复明""驱满复汉"的秘密反清斗争一直绵延不绝。清兵入关后，曾对江南地区官僚地主的反抗和具有反清意识的文人士子进行残酷打击，在浙江一手制造了骇人听闻的吕留良开棺戮尸、捕杀曾静等事件，企图以此压制反抗。所以，许多人誓死要为浙江父老报仇雪耻。章太炎与他同属浙江的徐锡麟、秋瑾、陶成章等人大都具有类似的思想。徐锡麟说："与我同胞共复旧业，誓扫妖氛，重新建国，……报往日之深仇。"陶成

章少时主张救世之学，痛异族之专制，誓志反清报仇。

1904年11月，光复会在上海成立，推蔡元培为会长。

光复会的宗旨与次年成立的中国同盟会的"驱逐鞑虏，恢复中华"的内容十分相近，说明两者在反清的立场上是一致的。"光复、同盟，前后离合不一，宗旨固无大异，皆以种族革命

光复会先贤

为务"，因而在同盟会成立时，在日本东京的部分光复会员加入了同盟会。但同盟会的政纲中还有"平均地权，创立民国"的内容，这是同盟会不同于旧式会党，成为具有近代政团性质的关键。以孙中山为首的革命党人，主张推翻清朝统治后，在中国建立资产阶级民主共和国。在这一点上，光复会不表赞同。光复会主张恢复汉室，建立汉人统治的政权。徐锡麟、陶成章乃至章太炎均存在不同程度的帝王思想。陶成章就说过："革命就是造反，……改朝换代。"章太炎在《代议然否论》中认为："帝王一人秉政，优于立宪，没有什么不好。"在革命宗旨的问题上，光复会与同盟会存在着严重分歧和对立。此外，在革命运作的方式上，光复会主张"在宣传革命之外，主要在于革命之力行及实施"，在"用暴力取得政权后，才能实施民主政治"；认为"同盟会虽也重视武装革命，但其领导居国外为多，宣传因之多于力行"，对此不表赞同。由于与同盟会宗旨异趣，"弥隙难缝"，

不久光复会就退出了同盟会，仍以光复会的名义独自进行活动。

徐锡麟联络闽浙会党。陶成章则"与三合会、哥老会、大刀会诸头目相结纳"，"扬子江流域，无不在其势力范围内"。秋瑾自日本回国后，在绍兴设立光复会秘密机关，以大通学堂为掩护，设体育专修科，召集金、衢、严、处、绍各府及嵊县会党骨干为学堂学生，朝夕训练，内分八军，"以光复汉室，大振国权字别之"，"并与赵声、陈其美、黄郭等人遥通消息"。在国外，尤其是在东南亚一带，陶成章在爪哇、新加坡等地立报馆，办杂志，广泛"联络同志"，发展会员，在一些城市和地区设立分会，开展活动，与同盟会争抢地盘、争夺侨民，甚至诋毁孙中山。光复会这些分裂行为，严重削弱了革命内部的团结，不利于革命的发展。

清末以暗杀满族权贵和地方大员来推动革命，曾风行一时。光复会的领导也将暗杀作为推动革命的手段。陶成章在1900年前曾效法唐代骆宾王讨伐武则天之例，北上京城，"以手刃那拉氏自誓，又亲赴奉天，并游历内蒙古东西盟，察看地形，以为进行之计"。秋瑾以鉴湖女侠自比，也力主暗杀满族权贵。尹锐志、尹维俊姊妹亦曾于1909年携带炸弹，潜伏北京一年，企图炸死清廷要员，终因清军防守严密，未能得手。光复会的暗杀活动见诸施行是1907年徐锡麟在安庆刺杀恩铭。他与秋瑾的反清革命计划是：先夺取江苏、浙江、安徽三省，建府南京，而后再向四周各省发展。同年徐锡麟趁安徽抚、藩、臬等参加学堂学生毕业典礼之际，刺死巡抚恩铭，发动起义。但徐氏本人在起义中被捕牺牲。安庆起义失败后，牒及绍兴大通学堂，结果秋瑾被捕遇害。安庆起义在社会上引起了强烈震动。尤其是秋瑾的被杀对革命起了很大的推动。"杭州方面，人心很是愤激；不知道秋瑾的人都因此知道了秋瑾；不懂得革命的人也因此受到了革命的教育。"此后，"革命风潮日形高涨"，革命形势有了很大发展。然而

徐锡麟、秋瑾等领导人的牺牲，也给光复会造成了巨大的损失。

　　光复会的早期领导是蔡元培、章太炎，后期主要是徐锡麟、秋瑾，陶成章等人。章太炎嗜于国学研究，蔡元培长于教育，他们与会党新军没有直接联系。自光复会退出同盟会后，蔡元培与光复会的关系日渐疏远，并最终脱离了光复会，成为同盟会的要员。徐锡麟、秋瑾牺牲后，光复会的活动几乎陷于停顿。陶成章虽为领导，但一直在海外活动，直到1908年春

他回到上海，光复会的斗争活动才重新恢复。光复会组织的软弱涣散严重地影响它深入开展反清革命斗争。

陶成章的死，标志着光复会革命斗争时代的终结。他死后，会员星散，活动停止。由于此后执政的国民党是从同盟会演化而来，昔日同盟会与光复会恩怨难消，光复会员备受排斥挤压。所以，在此后的漫长岁月里，光复会连同它的革命斗争活动渐渐被淡化，乃至被湮没。

光复会在清末存在了八年，从它八年的斗争历史来看，它无愧为清末著名的革命团体。其宗旨虽有缺陷，但始终以推翻清朝的封建统治为己任；其领导人如徐锡麟、秋瑾、陶成章等的斗争活动虽存在一些不足，但大节无亏，为了推翻封建统治他们都献出了自己的生命，因而他们是爱国者。和所有为中国旧民主主义革命做出牺牲和贡献的团体一样，光复会亦将永载中华民族的史册，为后人所肯定。

发使清政府惶恐不安。

　　秋瑾死后，她的遗体先由善堂草草成殓，葬于卧龙山下。后又移柩于严家潭殡舍暂时停放。因秋瑾生前曾与好友徐自华有过埋骨西湖之约，所以在1908年1月，徐自华与吴芝瑛商量，并得到吴芝瑛的资助，将秋瑾的灵柩移到杭州西湖边的西泠桥下安葬。不久，由于清政府的干涉，秋瑾的坟墓又被从西湖边移走。几经风波，直到清朝统治被推翻，孙中山就任南京临时政府大总统后，秋瑾的遗骨才再次由她生前好友迁回杭州西湖，修建了新墓。在原墓地点改建了一个纪念亭，取秋瑾被捕后所写"秋风秋雨愁煞人"之意，命名为"风雨亭"。孙中山先生曾亲临浙江致祭，题赠"巾帼英雄"的匾额。1981年9月，杭州市人民政府在秋墓原址近旁，重建了秋瑾墓，并树立

了秋瑾全身雕像。

伟大的文学家鲁迅先生在自己的著作中，不止一次地歌颂、赞美这位中国近代史上的女英雄。他的小说《药》中塑造的革命者夏瑜，就是隐喻秋瑾。

郭沫若在1942年写了《娜拉的答案》一文纪念秋瑾。1958年郭沫若在《秋瑾史》序中又说："……秋瑾不仅为民族解放运动，并为妇女解放运动，树立了一个先驱者的典型。"

吴玉章在《辛亥革命》中也称赞秋瑾"是中国近代史上一位伟大的女英雄，为民族解放和妇女解放事业献出生命，成为旧民主主义革命时期中国革命妇女的楷模"。

周恩来总理，在中国人民正处于抗日战争的艰难时刻，于1939年3月，冒着风险回到原籍绍兴，指导我党的地下革命斗争和组织抗日民族统一战线。他曾号召妇女学习秋瑾的革命精神，积极参加抗日，还亲笔给表妹写了"勿忘鉴湖女侠之遗风，望为我越东女儿争光"的题词。

新中国成立后，在秋瑾的和畅堂故居，修建了一个"秋瑾纪念室"，在杭州西湖重建了"风雨亭"，出版了许多纪念秋瑾的书刊。秋瑾留下的诗文，已成为我们民族文化宝库中的珍贵遗产，教育着、鼓舞着后人。

我国辛亥革命时期杰出的革命英雄、近代妇女解放斗争的坚强战士、女文学家秋瑾虽然牺牲了，可是，如果她在天有灵，看到今天扬眉吐气的中华民族、繁荣昌盛的祖国，也该含笑于九泉之下了。

# 中华魂·百部爱国故事丛书
## 提　要

### 《誓与禁烟相始终——民族英雄林则徐》

林则徐严禁鸦片，坚决抵抗西方列强的侵略，坚持维护国家主权和民族利益。他是中国近代历史上第一位睁眼看世界的人，是抗击帝国主义殖民侵略的第一人，是中华民族抵御外侮过程中伟大的民族英雄。

### 《血洒虎门御敌寇——抗英将军关天培》

民族英雄关天培，在第一次鸦片战争中为了抗击英国侵略者的入侵而血洒虎门，为国捐躯，谱写了一曲可歌可泣的英雄赞歌。关天培用他的生命，书写了中国人民反抗外侮的历史。

### 《威震镇海靖节魂——抗敌英雄裕谦》

在第一次鸦片战争期间的众多牺牲者中，有一位官阶最高，他就是两江总督裕谦。裕谦与外国侵略者斗争立场坚定，与国内妥协派、投降派斗争态度坚决。裕谦督战镇海，与英国侵略军浴血奋战，临危不惧，以身报国，浩气长存。

### 《斩邪留正解民悬——太平天国领袖洪秀全》

农民出身的洪秀全，从失意文人到起义领袖，经历了长期的思想演变过程，在外敌入侵、清朝政府腐朽的历史环境之下，顺应时代的潮流，成长为一位非凡的历史英雄人物，建立了与清朝政府相抗衡的农民政权——太平天国。

## 《仰承汉唐　荟萃中外——近代数学家李善兰》

李善兰是我国19世纪重要的科学家之一，在数学、天文学、力学等方面都有重大建树。他继承了我国古代数学的成就，又以极大的热情传播西方科学文化，"仰承汉唐，荟萃中外"，把自己的一生献给了科学事业。

## 《严谨治学　勇于探索——近代著名数学家华蘅芳》

华蘅芳，中国近代数学家之一。其精通中国古算学，并熟练掌握西方近代数学，是中国验证抛物线并著书立说的参与者。为了证明"外国有的，中国也能造"而鞠躬尽瘁，在引进西方科学技术、传播科学知识上贡献卓著。

## 《折冲樽俎护山河——近代著名外交家曾纪泽》

曾纪泽是中国近代史上著名的爱国外交家，在中俄伊犁交涉事件中，他秉承抵抗列强、保卫国家的坚定意志，利用外交手段全力同沙俄抗争，捍卫了国家主权、民族尊严，收回了祖国的领土，在近代中国外交史上留下了光辉的一页。

## 《甲午海战留英名——民族英雄邓世昌》

邓世昌，北洋水师名将。本书以邓世昌的成长过程为线索，以代表性的历史故事为主要内容，还原真实的历史事件，突出鲜明的人物性格。邓世昌因在中日甲午海战中突出的英雄气概而名垂史册，书写了伟大的爱国主义篇章。

## 《誓与舰队共存亡——北洋水师提督丁汝昌》

丁汝昌处在清朝政府的腐朽和李鸿章的专断下，难以施展爱国的抱负，壮志未酬，愤恨而终。但丁汝昌为建立近代海军作出的巨大贡献，带领北洋舰队爱国官兵勇抗强敌的英雄事迹，将永远为后代所传颂。

## 《镇南关上凯歌扬——抗法老英雄冯子材》

1885年中法战争中，年逾古稀的冯子材为抵御外国侵略，勇赴国

难，大败法军于镇南关，并乘胜追击，接连收复文渊、谅山等地，从根本上扭转了中法战争的局面，成为近代民族英雄的杰出代表。

### 《屡败法军逞英豪——黑旗军将领刘永福》

刘永福是黑旗军的创建者，是农民出身的杰出军事家、政治活动家。在19世纪发生的援越抗法、中法战争中，他率部与帝国主义侵略者进行了殊死的战斗，建立了卓越的功勋，成为我国近代史上著名的民族英雄，为后世所景仰。

### 《矢志变法强国家——戊戌变法领袖康有为》

康有为是清末民初最有影响力的思想家之一。他领导了中国知识界的启蒙运动，掀起了一场自上而下的政体改革。他最早在中国提出了立宪政体和具体的宪政方案，主张在坚持儒家传统和帝制的前提下，学习西方经验，他的进步思想对近代中国具有深远的影响。

### 《开民智以报国　普新知而图强——戊戌变法思想家梁启超》

梁启超，中国近代史上著名的政治活动家、启蒙思想家、史学家、文学家，戊戌变法领袖之一。本书以百日维新思想家梁启超的成长过程为线索，以代表性的历史故事为主要内容，还原真实的历史事件，突出鲜明的人物性格。

### 《我自横刀向天笑——维新志士谭嗣同》

谭嗣同在民族危机的严重时刻，投身改革救中国的洪流。为了带给祖国一个光明的未来，紧要关头，他挺身而出，用自己的鲜血激励后人，把宝贵的生命献给了变法事业。

### 《睡乡敢遣警世钟——用生命警策国人的陈天华》

陈天华是民主革命的活动家和宣传家。他写的《猛回头》《警世钟》等书，起到了革命启蒙的重大作用。为了激发留日学生的爱国情怀，他不惜投海自杀，演出了近代史上感人至深的一幕，给后人留下了难忘的印象。

### 《革命军中马前卒——民主斗士邹容》

革命乃"至尊极高，独一无二，伟大绝伦之一目的"；它是"天演之公例，世界之公理，顺乎天而应乎人"的伟大行动。因此，必须"仗义群兴革命军"。他激情高呼："革命独子万岁！中华共和国万岁！"这就是《革命军》的作者，中国近代著名资产阶级革命宣传家邹容。

## 《休言女子非英物——鉴湖女侠秋瑾》

为民族解放和妇女解放而英勇斗争的秋瑾，冲破封建礼教的思想牢笼，打碎封建精神枷锁，崇仰真理，追求光明，主张共和，坚持男女平等，最终献出了自己年轻的生命。

## 《血溅校场　杀身成仁——民主斗士徐锡麟》

本书讲述了反清志士徐锡麟弃文从武、投身反清革命事业，最终被清政府杀害的故事。出于对国家的热爱，徐锡麟献出自己的生命，他的事迹将永远激励后人深切缅怀这位民主革命的先驱。

## 《生可死耳　我志长存——献身民主的禹之谟》

禹之谟，民主革命党人，同盟会会员，近代资产阶级革命家、实业家。1886年，20岁的禹之谟"提三尺剑，挟一卷书"游历四方，研究西方社会政治学说，忧国忧民之心日趋强烈。戊戌变法失败，他丢掉改良幻想，倡革命救亡之说，走上民主革命道路。

## 《物竞天择　适者生存——资产阶级启蒙思想家严复》

严复是中国近代著名的启蒙思想家、翻译家和教育家。他长期从事教育和翻译事业，为近代中国人才培养和思想启蒙做出了重要贡献，同时他也为中国的翻译事业和中西思想文化交流做出了重要贡献。

## 《辛亥革命急先锋——资产阶级革命家黄兴》

黄兴，清末民初资产阶级革命家，中华民国开国元勋。黄兴在武昌首义及辛亥革命时期的爱国表现，与孙中山闻名于当时，常被时人以"孙黄"并称。本书以资产阶级革命活动实干家黄兴的成长过程为线索，歌颂了先辈伟大的爱国主义精神。

## 《矢志革命　百折不回——近代民主革命家廖仲恺》

廖仲恺追随孙中山踏上了创立民国与捍卫共和制的旧民主主义革命

之路；在新民主主义革命时期，他为建立、巩固首次国共合作和实施三大政策，英勇奋斗，为国殉职，洒尽了一腔热血。

## 《将军拔剑南天起——护国英雄蔡锷》

蔡锷是中国近代史上的杰出军事家、爱国者。他的一生短暂而伟大。辛亥革命爆发，他毅然投身于革命洪流之中，领导云南重九起义，对武昌起义积极响应。袁世凯窃国复辟、恢复帝制的阴谋暴露出来以后，他又毅然举起了武装讨袁的旗帜。

## 《反帝反封建运动——五四青年的爱国故事》

五四运动是一次伟大的反帝反封建的爱国运动；是一个伟大的历史转折点；是中国人民的斗争从挫折走向胜利的一个关节点，它为中国的前进开辟了一条全新的道路，拉开了中国新民主主义革命的序幕。

## 《思想自由　兼容并包——著名教育家蔡元培》

蔡元培是中国近现代著名的民主革命家和教育家，一生经历风雨，却始终信守爱国和民主的政治理念，致力于废除封建主义的教育制度，奠定了我国新式教育制度的基础，为我国教育、文化、科学事业的发展做出了富有开创性的贡献。

## 《为国家争光　为民族争气——中国铁路之父詹天佑》

詹天佑是我国最早的杰出铁道工程师，因主持建造京张铁路而闻名中外，被誉为"中国铁路之父"。他为祖国的铁路事业贡献了毕生的精力。本书向读者展示了詹天佑热爱祖国、科技兴国的辉煌人生。

## 《实业救国　衣被天下——轻工之父张謇》

张謇是爱国实业家、教育家。他年轻时中过状元。过了40岁，开始投身工商实业活动中，他的名言是"富民强国之本在于工"。在南通，创办大生丝厂、银行等各种实业。并将创办实业的大部分所得投入教育。他的观点是，教育和实业一样，也是"富强之大本"。

## 《心向革命　追求光明——平民将军冯玉祥》

冯玉祥将军"是一位从旧军人转变而成的坚定的民主主义战士"。

抗日战争期间，他辗转各地，用实际行动积极抗战。日本战败投降后，他为了断绝美国的援蒋内战，又在美国四处演说，揭露蒋介石统治之黑暗，痛斥美国阴谋分裂中国的不良行为。

### 《刑场上的婚礼——革命烈士周文雍　陈铁军》

周文雍是广州起义的主要领导人之一。陈铁军出身于华侨商人家庭，却毅然投身革命洪流。1928年1月，两人接受派遣，回到广州假扮夫妻从事革命斗争，却不幸被捕。临刑前，两位烈士将敌人的枪声当作自己婚礼的礼炮，用生命和爱情谱写出一曲千古绝唱。

### 《星星之火　可以燎原——井冈山斗争的故事》

1927—1929年，毛泽东、朱德等老一辈革命家，在井冈山创建了农村革命根据地，进行了艰苦卓绝的斗争，建立了新型革命武装，点燃了工农武装革命之火，找到了农村包围城市最后夺取政权的中国革命的正确道路。

### 《新民学会的主要发起人——中国共产党早期革命家蔡和森》

蔡和森青年时期曾与毛泽东等人一起组织进步团体新民学会，参加五四运动，并在赴法国勤工俭学时研读大量马克思主义著作，回国后以满腔热忱投身革命事业，成为中国共产党早期重要的理论家和宣传家。

### 《威震黄浦江畔　高奏抗日壮歌——一·二八淞沪抗战》

面对日本侵略者的挑衅，十九路军在蒋光鼐、蔡廷锴的带领下，高举义旗，奋力一搏。一·二八淞沪抗战，是中国军人捍卫军人荣誉和祖国尊严所发出的吼声，谱写了一曲抗击日军侵略的英雄壮歌。

### 《将军恨不抗日死——慷慨就义的吉鸿昌》

在国难深重的20世纪30年代，吉鸿昌将军因拒绝执行国民党指示，坚决不打内战，被迫携眷出国"考察"。回国后，他加入中国共产党，组织了民众抗日同盟军，英勇打击日本侵略者，后于1934年11月被国民党反动派杀害。

休言女子非英物

——鉴湖女侠秋瑾

### 《献身革命　甘于清贫——梅岭忠魂方志敏》

　　大革命失败后，方志敏凭着"两条半步枪"起家，身经百战，创建了赣东北革命根据地和红十军。本书真实记录了方志敏投身于革命、领导红军和敌人进行艰苦卓绝斗争的经历，歌颂了烈士贫贱不移、威武不屈、献身革命的高尚品质。

### 《奏响中华最强音——人民音乐家聂耳》

　　聂耳在他有限的生命中创作了数十首革命歌曲，在抗日救亡运动中，聂耳的这些歌曲产生了广泛深远的影响。他的音乐创作为中国无产阶级革命音乐的发展指明了方向，树立了榜样。

### 《横眉冷对千夫指——中国文化革命主将鲁迅》

　　鲁迅不但是伟大的文学家，而且是伟大的思想家和伟大的革命家。在那风雨如晦的黑暗年代里，他以笔为投枪，同一切帝国主义和反动派进行了顽强的战斗，为中国人民树立了一个不朽的丰碑。他是新文化战线上的一面光辉旗帜，是我们伟大民族的灵魂。

### 《铁流两万五千里——红军长征的故事》

　　红军长征是人类历史上的一次伟大的壮举。第五次反"围剿"失败后，中国工农红军的三大主力在极端艰难的条件下，突破国民党军队的围追堵截，进行了史无前例的战略大转移，总行程达两万五千里以上。途中发生了许多动人故事，至今令人难以忘怀。

### 《荣辱不移革命志——创建陕北红军的刘志丹》

　　刘志丹是杰出的无产阶级革命家、军事家，西北红军和西北革命根据地的主要创始人之一。他一生热爱人民，追求真理，英勇善战，百折不挠，艰苦奋斗，忠心赤胆，为创建红军和革命根据地、为中国人民的解放事业建立了不可磨灭的功勋。

### 《英名永存北平城——爱国将领佟麟阁　赵登禹》

　　1937年7月28日，日军向北平郊区发动进攻。第二十九军副军长佟麟阁奉命在南苑率部与日军苦战，腿部受伤，头部被敌机炸伤，壮烈殉国。第一三二师师长赵登禹指挥部队顽强抵抗日军，右臂中弹负伤，仍继续作战。后在转移途中遭日军截击而牺牲。

## 《八百壮士　四行仓库铸军魂——谢晋元和他的战友们》

八一三抗战，中国军人以血肉之躯揭开全面抗战的帷幕。这是一场血战，是中国军人不屈不挠的英雄诗篇，其中的八百壮士守四行，成为这首英雄颂歌中最动人、最凄美的音符。一曲四行保卫战，铸就了不屈的军魂。

## 《八女投江　气贯长虹——八位抗联女战士》

抗日战争时期，以冷云为首的东北抗日联军8名女战士，为捍卫民族尊严，面对凶残的日寇，镇定自若，宁死不屈，投江殉国，表现了中华民族同敌人血战到底的英雄气概。她们的光辉形象，激励着千千万万的后来人。

## 《艰苦抗战　威震敌胆——著名抗日英雄杨靖宇》

杨靖宇将军是我国著名的抗日民族英雄。曾先后担任磐石游击队政治委员、东北抗日联军第一军军长兼政委、抗日联军总司令等职。领导军民对日寇坚持了长达9个年头的艰苦卓绝的斗争，最终以身殉国。

## 《死也不当亡国奴——镜泊抗日英雄陈翰章》

陈翰章，从1932年8月投笔从戎，直到1940年12月8日为抗击日本侵略者，战死在镜泊湖畔。他在抗日疆场上奋战了九年，他那可歌可泣的英雄事迹将为人们永世传颂。

## 《名将殉国　气壮山河——抗日将军张自忠》

著名抗日将领、民族英雄张自忠，生于忧患的时代，抱有"宁为百夫长，胜作一书生"的志向，经历过失败与低谷，最终成就了慷慨人生。本书主要以人物活动为主，勾画出一个真正的"民族魂"鲜活的人生，会带给读者振奋的力量。

## 《宁死不辱战士名——狼牙山五壮士》

1941年日寇在河北易县"扫荡"。为掩护群众和主力部队撤退，五

—鉴湖女侠秋瑾

休言女子非英物

位八路军战士毅然把敌人引上了狼牙山棋盘坨峰顶绝路。弹尽粮绝、无路可退，五位英雄纵身跳下了万丈悬崖，用生命和鲜血谱写出一曲惊天地泣鬼神的壮举。

## 《太行浩气传千古——抗日名将左权》

左权，中国工农红军和八路军高级指挥员，著名军事家。是八路军在抗日战场上牺牲的最高指挥员。名将阵亡，太行山为之垂首，全党为之悲痛。周恩来称他"足以为党之模范"，朱德赞誉他是"中国军事界不可多得的人才"。

## 《虎将兴关外　抗倭统雄师——抗联英雄赵尚志》

本书描写了久经考验的共产党员、东北抗联的创建者和主要领导人赵尚志，在艰苦卓绝的条件下，坚持抗战，威震敌胆，战功卓著，忍辱负重，忠贞不屈，为国捐躯的英雄故事，为青少年读者呈上一部爱国主义的佳作。

## 《黄埔之英　民族之雄——抗日名将戴安澜》

抗日名将戴安澜，先后参加保定、漕河、台儿庄、武汉、昆仑关等战役，作战英勇，屡建奇功；入缅作战，"扬威国外，藉伸正义"；守东瓜，复棠吉；殒身缅北，遗恨丛林，马革裹尸，成就了光辉的一生。

## 《爱国志士　民主先锋——新闻出版家邹韬奋》

本书讲述了邹韬奋献身新闻出版事业的奋斗历程，展现了一位新闻工作者坚定的革命信念和炽热的爱国主义精神，全心全意为人民服务、为读者服务的奉献精神，歌颂了他的高尚情操和优良品质。

## 《为抗战发出怒吼——人民音乐家冼星海》

人民音乐家冼星海，青年时期在巴黎求学，饱尝屈辱与磨难；学成后毅然回到多灾多难的祖国，用满腔热忱谱写激昂的音乐，鼓舞中华儿女的斗志；奔赴延安，谱写出不朽的名作《黄河大合唱》，发出中华民族抗日救亡的怒吼。

## 《全民皆兵　抗击日寇——抗日战争的故事》

中国人民进行的十四年抗战，是一百多年来中国人民反对外敌入侵第一次取得完全胜利的民族解放战争。这场战争是以国共两党合作为基础，有社会各界、各族人民、各民主党派、抗日团体、社会各阶层爱国人士和海外侨胞广泛参加的全民族抗战。

## 《捧着一颗心来　不带半根草去——人民教育家陶行知》

陶行知是我国现代教育史上伟大的人民教育家、教育思想家。他从青年起就立志献身教育事业，以"捧着一颗心来，不带半根草去"的赤子之心，为人民的教育事业鞠躬尽瘁。

## 《为民主与和平拍案而起——民主斗士闻一多》

闻一多早年与梁实秋等人发起成立清华文学社。赴美留学期间由对祖国的深深眷恋而创作著名的《七子之歌》。后在西南联大任教8年，积极投身于抗日运动和争取民主的斗争，发表了著名的《最后一次讲演》。

## 《铁窗难锁钢铁心——革命先烈王若飞》

王若飞是我党早期杰出的无产阶级革命家。在艰苦卓绝的斗争中，他出生入死，屡建奇功，以超人的睿智和胆略，在敌人的监狱中，同敌人展开了殊死的较量，为抗战的胜利和新中国的诞生做出了卓越的贡献。

## 《横扫千军　还我河山——抗联名将李兆麟》

李兆麟是东北抗日联军创建人之一，他率领抗日联军历尽千难万险与日本侵略者浴血奋战，在极其艰苦的条件下，保存了抗日联军的有生力量，为东北光复做出了重大贡献。

## 《锄头开出新天地——解放区大生产运动》

为了解决困难，渡过难关，党中央号召党政军民齐动手，开展大生产运动。中国共产党在其控制区域内发动的一场军队屯田和鼓励生产的群众运动，达到了自己动手丰衣足食，共度难关，既进行革命又进行生产自足的目的。

### 《生的伟大　死的光荣——女英雄刘胡兰》

刘胡兰，坚贞不屈的少年女英雄。生前对我国劳动人民的解放事业无限忠诚，在敌人威胁面前，大义凛然，毫无惧色，英勇牺牲，表现了共产党员的高贵品质。

### 《饿死不领美国救济粮——爱国知识分子的楷模朱自清》

朱自清作为爱国知识分子的典型，以锐利的笔锋直言痛斥反动政府的暴行，体现了他崇高的爱国情怀和不畏恶势力的精神品格。毛泽东曾给朱自清先生以高度评价："一身重病，宁可饿死，不领美国的'救济粮'"，"表现了我们民族的英雄气概"。

### 《为了新中国前进——舍身炸碉堡的董存瑞》

伟大的英雄，中国人民的儿子董存瑞，从儿童团长成长为一名光荣的解放军战士，在1948年解放隆化县城时，舍身炸碉堡，为新中国献出了自己年轻的生命。他的英雄形象永远留在人民心里。

### 《宁死不屈的共产党员——革命烈士江竹筠》

江竹筠，就是著名的江姐。1947年春，她负责《挺进报》工作，只几个月的时间，报纸就发行到1600多份，引起了敌人的极大恐慌。由于叛徒出卖，江姐不幸被捕，惨遭毒刑的残酷折磨，仍坚贞不屈。最后被特务秘密枪杀，年仅29岁。

### 《抗美援朝　保家卫国——志愿军的战斗故事》

抗美援朝战争是中国人民志愿军为援助朝鲜人民、保卫祖国安全，与美国为首的"联合国军"发生的战争。在朝鲜牺牲的志愿军烈士们，他们英勇的战斗事迹、保家卫国的精神值得我们发扬光大。

### 《上甘岭上壮烈歌——黄继光和他的战友们》

在1952年10月的上甘岭战役中，黄继光和他的战友们在零号阵地半山腰被敌机枪火力点压制，此时，黄继光身上已经多处负伤，手雷也已全部用光。为了完成任务，减少战友的伤亡，他用自己的胸膛堵住正在扫射的敌机枪射孔，为反击部队扫清了前进的道路。

## 《诗书印画　全入神品——国画大师齐白石》

齐白石出身贫寒，做过农活，当过木匠，后改学雕花木工，从民间画工入手，摹古人真迹，学诗文书法，融汇古今，而诗、书、印、画俱佳；他将中国画的精神与时代的精神统一得完美无瑕，使中国画得到国际的重视，无愧于"国画大师"的称号。

## 《毕生为文化而奋斗——中国第一出版家张元济》

张元济参与、主持和督导商务印书馆近六十年，使其从简单的印刷企业转变为当时中国教育出版的旗帜。张元济一生爱书，在中华大地动荡不安的年代里，他用自己对文化的热爱，续存着中华民族灿烂悠久的文明之光。

## 《独树一帜　梨园大师——著名京剧表演艺术家梅兰芳》

梅兰芳，京剧大师，演唱风格独树一帜，世称"梅派"。曾先后赴日本、美国、苏联演出，并荣获美国波摩那学院和南加州大学的荣誉文学博士学位。作为一位爱国者，抗战期间蓄须明志，拒绝为日本人演出，为后世称颂。

## 《华侨旗帜　民族光辉——爱国侨领陈嘉庚》

陈嘉庚是著名的爱国华侨领袖、企业家、教育家、慈善家、社会活动家。他为辛亥革命、民族教育、抗日战争、解放战争、新中国的建设做出了卓越的贡献。生前被毛泽东誉为"华侨旗帜、民族光辉"。

## 《向雷锋同志学习——伟大的共产主义战士雷锋》

雷锋，一个平凡而伟大的共产主义战士，一心向着党，一生秉承着全心全意为人民服务、无私奉献的崇高思想；发扬刻苦学习和钻研理论的"钉子"精神；坚持勤俭节约、艰苦奋斗的优良作风。毛泽东为其题词："向雷锋同志学习。"

## 《人民的好公仆——县委书记的好榜样焦裕禄》

焦裕禄，被誉为县委书记的好榜样。他用自己的革命精神，展开了与大自然、与社会落后现象、与病魔的多重抗争，让我们领略到一

休言女子非英物

——鉴湖女侠秋瑾

个共产党人的生之伟大、死之壮美的人格品质和具有现实教育意义的精神魅力。

## 《文学巨匠　京味大师——人民作家老舍》

老舍是我国现代小说家、文学家、戏剧家。他用融入骨髓的真诚文字反映生活的喜怒哀乐。老舍的一生，总是在忘我地工作，他是文艺界当之无愧的"劳动模范"，生前被北京市人民政府授予"人民艺术家"的称号。

## 《革命老人——无产阶级教育家徐特立》

徐特立是一代伟人毛泽东的老师。他出生在贫苦家庭，大部分时间生活在动荡艰苦的年代；他刻苦勤奋，不畏艰辛，追求光明，一生勤俭，为革命培养了大量的人才；他对党和人民任劳任怨，鞠躬尽瘁。他坎坷奋斗的一生，留下了许多可歌可泣的故事。

## 《人生能有几回搏——新中国第一个世界冠军容国团》

容国团先后担任中国乒乓球队运动员、女队主教练。获得1959年男子单打世界冠军；1961年夺得男子团体世界冠军；作为中国女队主教练，1965年率女队第一次夺得女子团体世界冠军。他的"人生能有几回搏"的豪言，举国传诵。

## 《石油工人一声吼　地球也要抖三抖——铁人王进喜》

王进喜，新中国第一批石油钻探工人。他为祖国石油工业的发展和社会主义建设立下了不朽的功勋，在创造了巨大物质财富的同时，还给我们留下了宝贵的精神财富——铁人精神。他被评为"百年中国十大人物"，写入中华民族的光辉史册。

## 《做人民需要我做的事——著名地质学家李四光》

李四光是一位伟大的科学家，他一生从事地质学研究工作，足迹遍布祖国的山川，为祖国探明了许多地下宝藏；他创建了崭新的学说——地质力学；他历尽重重困难，为正确认识地质构造开辟了一条新路。

## 《中国化学工业的先驱——著名化学家侯德榜》

为摆脱纯碱需要进口的窘况，20世纪初，怀着"实业救国"梦想的中国化工先驱侯德榜等人创办了永利碱厂，并立志生产出中国人自己的碱。1926年，永利碱厂终于成功地生产出"红三角"牌纯碱，从此中国制碱业得以跨入世界先进行列。

## 《毕生求是　一丝不苟——著名科学家竺可桢》

著名科学家竺可桢献身科学研究；治学严谨，一丝不苟；一生廉洁，两袖清风；作风民主，爱护学生。他以爱国之心、报国之志，从一个民主主义者逐渐成长为一个共产主义战士。

## 《热爱自然的大地之子——著名植物学家蔡希陶》

蔡希陶，五十载风雨，五十载坎坷，五十载奋斗，五十载开拓，为了发现对人类生产、生活有用的植物及新物种的引进而做出巨大贡献，在中国的植物资源学史上将永远镌刻着他的名字。

## 《高洁无私的襟怀——知识分子的楷模蒋筑英》

蒋筑英是中国当代知识分子的先锋典范，他不为名，不为利，尊重科学；他以坚忍的毅力和顽强的作风，在科学的道路上呕心沥血，鞠躬尽瘁，无私地奉献了青春和生命。

## 《迎接新生命的天使——卓越的妇产科专家林巧稚》

林巧稚是国内外享有盛誉的妇产科专家。在五十多年的医学教育和临床实践中，林巧稚亲自接生了五万多婴儿，治愈了数千病人，培养了数以百计的专门人才，为我国的妇女儿童事业做出了不可磨灭的贡献。

## 《独自成千古　悠然寄一丘——国画大师张大千》

张大千是20世纪中国画坛最具传奇色彩的国画大师，无论是绘画、书法、篆刻、诗词无所不通。在艺术界深得敬仰和追捧，艺术家们用真挚的感情，用绘画和雕塑展现了"张大千"多彩的艺术形象。

### 《建造中国的通天塔——著名数学家华罗庚》

中国当代著名数学家华罗庚，为中国数学的发展做出了无与伦比的贡献，他是中国解析数论、典型群、矩阵几何等多方面研究的创始人与开拓者，也是我国最早将数学理论研究与生产实践紧密结合的科学家。

### 《问鼎长天　强我国威——两弹元勋邓稼先》

邓稼先是我国著名科学家，参加组织和领导我国核武器的研究、设计工作，从对原子弹、氢弹原理的突破和试验成功及其武器化，到新的核武器的重大原理突破和研制试验，作出了重大贡献。是我国核武器理论研究工作的奠基者之一，被誉为"两弹元勋"。

### 《敢叫天堑变通途——桥梁专家茅以升》

中国著名的桥梁专家茅以升从小立志为祖国建造桥梁，经过不懈努力，他不仅设计建造了一座座宏伟壮观、坚固实用的道路桥梁，而且搭建了一座座友谊之桥，为祖国建设作出了卓越贡献。

### 《蘑菇云之梦——核物理学家钱三强》

被誉为"中国原子弹之父"的核物理学家钱三强，更名后立志于科技报国；24岁投师于世界著名核物理学家居里夫妇；与夫人何泽慧合作，发现铀的"三分裂""四分裂"现象；统领我国的原子大军，做了大量创造性工作。

### 《两离桑梓地　满怀雪域情——领导干部的楷模孔繁森》

孔繁森，是一位一尘不染、两袖清风的好干部。两次进藏工作，历时十载，为西藏的建设、发展和稳定作出了突出的贡献。1994年11月，孔繁森不幸以身殉职。人民群众称他为新时期领导干部的楷模。

### 《摘取数学皇冠上的明珠——著名数学家陈景润》

陈景润是享誉世界的数学家，为了证明"哥德巴赫猜想"，他以惊人的毅力在数学领域里艰苦跋涉，终于攻克了世界著名数学难题"哥德巴赫猜想"中的"1＋2"，创造了中国乃至世界数学史上的辉煌。

## 《学术独步　饮誉四海——享有国际威望的科学家卢嘉锡》

卢嘉锡是一位在国际科学界享有崇高威望的物理化学家、化学教育家和科技组织领导者。1945年，卢嘉锡满怀"科学救国"的热忱回到祖国，对中国原子簇化学的发展起了重要推动作用，他所指导的新技术晶体材料科学研究，也取得了重大成绩。

## 《德艺双馨　梨园楷模——著名豫剧表演艺术家常香玉》

常香玉1941年赴陕甘演出。1948年在西安创办香玉剧社。1951年为支援抗美援朝，率剧社巡回西北、中南、华南各地演出，以演出收入捐献"香玉剧社号"战斗机一架，素有"爱国艺人"之誉。

## 《文学大师　激流勇进——著名作家巴金》

本书以巴金生平和主要事迹为线索，回顾和展示现代著名作家巴金的一生，以期让人们看到巴金在这风云变幻的100多年中，有过成功的欢欣，有过屈辱的磨难，有过痛苦的忏悔，有过平静的安宁。巴金的人生，映照着一代中国五四知识分子坎坷而不平凡的命运。

## 《壮心系科学　孜孜为国昌——理论化学家唐敖庆》

本书讲述了唐敖庆从出国求学、学业有成、回国任教，到服从安排、艰苦工作、刻苦钻研，最终成为中国量子化学奠基者的过程。让人们看到了这位著名化学家的赤心爱国、严谨治学、大公无私的崇高品格和科研上的卓越成就。

## 《中国导弹之父——著名科学家钱学森》

当第一颗原子弹升空的时候，当中国的人造卫星奏响《东方红》的时候，当中国运载火箭腾空而起的时候，当中国研制的导弹准确命中目标的时候，人们都会想起他的名字：中国导弹之父钱学森。

## 《中国近代力学的奠基人——著名科学家钱伟长》

钱伟长曾以中文和历史两个100分的成绩考入清华大学。九一八事变后，钱伟长毅然放弃了文科的学习而转为理科。他是中国近代力学、应用数学的奠基人之一，在固体力学、流体力学以及航空航天领域，取

得了卓越的成就，为新中国的现代化建设付出了毕生的精力。

### 《中国光学科学的奠基人——著名科学家王大珩》

王大珩是我国著名的科学家，中国光学科学的奠基人。他先在清华就读，后赴英国求学，学业有成，立志科学救国，其成就享誉神州。他以科学的求是精神和赤诚的爱国情怀，探索着中国光学发展的闪光之路。